Luiz Geraldo Silva

Envelhecer

exemplar n° 142

Curitiba
2024

capa e projeto gráfico **Frede Tizzot**

encadernação **Lab. Gráfico Arte & Letra**

© Editora Arte e Letra, 2022
© Luiz Geraldo Silva, 2022

S 586
Silva, Luiz Geraldo
Envelhecer / Luiz Geraldo Silva. – Curitiba : Arte & Letra, 2022.

160p.

ISBN 978-65-87603-35-3

1. Ficção brasileira   I. Título

CDD   869.93

Índice para catálogo sistemático:
1. Ficção: Literatura brasileira   869.93
Catalogação na Fonte
Bibliotecária responsável: Ana Lúcia Merege - CRB-7 4667

Arte & Letra
Curitiba - PR - Brasil
Fone: (41) 3223-5302
www.arteeletra.com.br - contato@arteeletra.com.br

À memória de Zé Som: pintor de peixes, de praias,
de carnavais, de ladeiras de Olinda.

A Fernando Vieira da Silva:
por coincidência, pintor, mulato, carioca.

A Geraldo Leão, com quem aprendi a pensar a pintura.

A Tereza e João — pela paciência de Jó.

Índice

Primeiro...7

Segundo..12

Terceiro..21

Quarto..24

Quinto..31

Sexto...38

Sétimo..45

Oitavo..51

Nono..58

Décimo..64

Décimo Primeiro...69

Décimo Segundo..77

Décimo Terceiro...86

Décimo Quarto...92

Décimo Quinto...99

Décimo Sexto...106

Décimo Sétimo..115

Décimo Oitavo..121

Décimo Nono..127

Vigésimo...134

Vigésimo Primeiro..138

Vigésimo Segundo...143

Vigésimo Terceiro..147

Vigésimo Quarto..153

Primeiro

A primeira vez que se deu conta de que estava envelhecendo tinha treze anos de idade. Lembrava como se fosse hoje. A família tinha deixado o morro da Formiga e comprado uma casa modesta, estreita, de cômodos exíguos, cercada de árvores e de muros altos encimados por cacos de vidro, no Meyer. Estava orgulhoso, como o pai. Não vivia mais naquele morro feio, desconjuntado, apinhado de barracos de madeira cobertos com folhas de zinco. Vivia, agora, num bairro decente, de casas de alvenaria, algumas bem construídas. Dali via o morro ao longe. Alegrava-se com isso. O morro ficava à vista, é verdade, mas distante. Era apenas parte da paisagem, uma vida que ficara para trás — apenas uma das tantas vidas que teria dali pela frente.

Naquela tarde, aos treze anos de idade, saíra de casa para ir a algum lugar e para fazer alguma coisa de que, agora, não lembrava perfeitamente. Lembrava apenas do sol do meio de tarde, do caminho entre a porta da casa e a rua, da calçada malfeita, elevada, em frente à casa, da rua movediça, do barro, da areia, da lama — rua por onde porcas colossais e seus bacorinhos rechonchudos pateavam, garbosos, daqui pra acolá, indiferentes a tudo e a todos. Recordava do caminho até a avenida, onde tomaria o lotação até a cidade, de onde iria, tão jovem, tão orgulhoso, fazer alguma coisa em algum lugar. Não lembrava o que iria fazer, nem para onde iria depois que descesse do lotação. Detalhes desnecessários, pensava, como se acostumou a pensar acerca de tudo de que já não mais se recordava perfeitamente. Antes, porém, de chegar à avenida, uma enorme bola de meia surgiu do nada, voando em sua direção. Por pouco não lhe acertou em cheio. Ele desviou na hora H, no momento certo, com um movimento de corpo e com uma habilidade digna de um Leônidas, de um Zizinho. A bola tinha sido arremessada com força, e como a rua — onde se passava por caminhos erráticos, temporários, com muita precaução e cuidado —, era um lamaçal só, ele também lembrava como se fosse hoje de que a bola de meia estava encharcada de lama. A bola passou bem próxima da sua calça nova, caqui, limpa, impecavelmente engomada por sua mãe trabalhadora e incansável. Se voltasse pra casa com a calça nova suja de lama, o pai, também incansável, iria surrá-lo até não poder mais.

Duas meninas pequenas, mas atiladas, cabelos pixains estirados para o alto, mulatas como ele, jogavam aquela bola enlameada uma na outra. Uma delas, por certo a mais afoita, a mais danada, a de olhos vivos e cintilantes, sentenciou, num grito imperativo, lancinante, que ele jamais esqueceria ao longo da sua vida — ou das suas muitas vidas contidas numa vida só —: "Cuidado com o rapaz!". Ele olhou para trás, procurando o rapaz. Não havia ninguém na rua vazia, além dele mesmo, das meninas, das porcas, dos bacorinhos. Se deu conta, enfim, que o "rapaz" era ele mesmo, sua própria pessoa. Radiante e, ao mesmo tempo, incomodado, pensou consigo mesmo: era um rapaz, e não um menino, como se acostumara a pensar por todos os anos daquela sua primeira, curta e estúpida vida. Treze anos. Não era, até aquele momento, gente. Era, de fato, e sobretudo mentalmente, um menino, mas crescera depressa, se espigara: por isso, naquela tarde, vestia calças compridas de tergal caqui, camisa azul de mangas compridas, sapatos de verniz, ia sozinho à cidade, tomava só o lotação, e descia onde bem quisesse e entendesse, longe, bem longe de casa. Envelhecera de repente: era, agora, graças às meninas mulatas como ele, às meninas de cabelo pixaim, um rapaz, e ponto final.

Como nunca havia pensado nisso antes? Como não se deu conta, se olhando no espelho do banheiro, como fazia todos os dias, por horas a fio, sob os protestos do pai, que já ameaçava lhe bater por isso, que havia se tornado um rapaz? Por que sempre se via menino no espelho? Por que precisou daquele grito lancinante, daquela constatação patética, de que era ele, e ninguém mais além dele, o rapaz a que se referia a menina de cabelo espevitado? Como é que, enfim, apenas ficou sabendo de que estava envelhecendo graças àquela menina mulata, cabelo estirado para o alto da cabeça, olhar severo e mandão, que gritou "cuidado com o rapaz", como se lhe despertasse de um sonho? Agora, súbito, era um rapaz, e tinha a consciência, desperta da forma mais inusitada possível, por aquela menina danada, de que estava envelhecendo.

Do alto do edifício onde vivia em Copacabana, olhando o burburinho das pessoas que, lá embaixo, andavam em profusão ao longo da calçada de *petit-pavê*, ele lembrava daquela tarde em que, pela primeira na vida — ou numa das suas primeiras vidas —, se deu conta de que estava envelhecendo. Agora, a poucos dias de completar oitenta anos, diante de um caminhão de lembranças além daquela, ruminava não sobre suas muitas vidas passadas, mas sobre o fato de ter envelhecido drasticamente sem nenhuma consciência do envelhecer. Envelhecera, concluía, por ouvir dizer, através de notícias alheias, como a que lhe assaltou, pegando-o desprevenido, naquela tarde perdida no tempo, na rua lamacenta do Meyer.

De repente, era rapaz e, depois, jovem. Súbito, viu-se adulto, homem, pai de família — ou de famílias, pois chefiara mais de uma, embora não tivesse chefiado realmente coisa alguma. Repentinamente, tornara-se homem de meia-idade: um adulto acometido por modos de ser e de viver que lembravam uma adolescência tardia e ridícula. Também foi de chofre que se deu conta de que tinha tudo, de que estava bem de vida, que tinha apartamento, carro, uma carreira como pintor famoso. (Pouco depois de perceber isso, notou que não tinha tempo pra nada, que precisava produzir seus quadros incessantemente, e que suas tantas vidas, contidas numa vida só, passavam, lhe escapavam, escorriam pelos dedos, como se fossem líquidas.). Então, quando finalmente compreendeu tudo isso, já não era mais um homem, mas uma coisa qualquer, um traste largado num canto da vida — ou num canto da sua última vida. Ao longo dessa sua última vida — a que tinha agora, em seu envelhecer profundo —, tinha deixado de ser homem, constatava, pois ninguém lhe notava. (Era como se ele não existisse.). Como também lhe acontecia quando era demasiadamente jovem, entrava, agora velho demais, num bar, num restaurante, numa loja, e ali ficava, horas, até ser notado pelo garçom, pelo vendedor elegante, pela vendedora de pernas de fora. Demorava uma vida inteira até ser notado, e outra vida inteira até ser atendido. Sempre havia gente mais jovem atendendo bem a outra gente mais jovem, enquanto ele jazia esquecido em algum canto da loja ou do bar.

Ele, enfim, pensava que os garçons, garçonetes, atendentes, camareiros, simples comerciários, eram todos homens e mulheres jovens ou de meia-idade, que pensavam, como ele mesmo pensou por anos a fio, que aquela etapa da vida era pra sempre, que nunca iriam envelhecer. Seriam eternamente jovens ou de meia-idade, fazendo piadinhas à boca pequena, rindo e se divertindo, enquanto contavam miudamente uns aos outros suas aventuras amorosas e sexuais — que, sem a menor dúvida, constituíam o centro das suas vidas. Ele via que todos os que não eram velhos como ele se divertiam à beça, davam gaitadas escandalosas, faziam troça de tudo e de todos, como se jamais fossem envelhecer um dia — se tivessem a sorte, ou o azar, não sabia ao certo, de sobreviver à sua própria juventude. Incomodava-o, em especial, ver aqueles pilantras, aqueles malditos garçons de gravata borboleta das centenas de bares abertos entre o Leme e o Leblon — as fronteiras geográficas da sua vida atual, a última das suas vidas —, rirem-se dele e dos seus amigos velhos como se eles não estivessem ali. Imaginava que, para os garçons, tanto ele como seus amigos de copo, de garfo e faca, não fossem homens. (E, de fato, arrematava, não eram.).

Mas, principalmente, incomodava-o que as mulheres, — cuja presença em sua vida ditara, antes de mais nada, o ritmo, as etapas, as transições das suas tantas vidas — incomodava-o que, especialmente para elas, ele não existisse. Não que inexistisse, que fosse um absoluto nada — um ser sem cor, odor ou substância. Não. Ele era algo, uma coisa: uma ideia que se aproximava mais de fardo, sobrecarga, excrescência, peso morto. Ou, talvez, ele encarnasse melhor a condição de coisa dispensável, refugo, descarte. Para as mulheres, mormente para as mais jovens, ele não era homem: e esta frase resumia tudo. Para elas, ele foi rapaz — um dos mais belos rapazes, aliás, da sua época. Fora jovem — um jovem viril, talentoso e tosco, mas acima de tudo um jovem viril. Fora homem, e com todas as letras — jactava-se, orgulhoso —, uma vez que transara com centenas delas. Depois fora homem de meia-idade — arredio, taciturno e, ao mesmo tempo, ridículo: meio-adulto, meio-adolescente, vivendo o autoengano da negação do envelhecer. E agora não era mais homem. Era qualquer coisa, menos homem. O homem havia ficado para trás, em estilhaços largados por suas vidas pregressas. Era, agora, sobretudo, um velho, um ser invisível, quase inexistente, apenas notado quando amola, quando se faz negativamente presente, quando incomoda, quando é inconveniente, quando faz xixi na calça após uma incontinência que não sabe de onde veio e que não existia até poucos meses atrás. Um velho era um nada que vivia — sabe maliciosamente Deus por quê —, entre os outros, entre jovens presunçosos e entre os de meia idade: entre aqueles que pensam que jamais irão envelhecer.

Segundo

Seus avós paternos migraram de Vila Viçosa, no Alentejo, para o Rio de Janeiro por volta de 1900. Fugiam de uma vida miserável no campo: não podiam mais viver como servos da gleba em pleno século XIX, prestando renda a um senhor distante, mas que se fazia presente através dos cavaleiros armados que lhes cobravam o foro. Um dia reuniram o pouco que tinham e, numa madrugada fria e uivante, fugiram às pressas rumo a Lisboa, onde compraram passagens em um navio qualquer que, dias depois, partiria para o Brasil. Ao chegarem ao Rio de Janeiro não sabiam fazer outra coisa além de plantar ou criar animais. Por esses mesmos anos, abriam-se os campos do Cachambi: ali adquiriram um terreno modesto e duas vacas. A princípio, sobreviviam vendendo leite no próprio terreno, junto à cerca. Nas primeiras horas da manhã sentavam à espera dos fregueses nas pedras brancas e ovais que salpicavam a relva verde do pasto desnivelado. Aos poucos, os vizinhos vinham das suas chácaras próximas com suas leiteiras de ágate, e saíam dali com um ou dois litros de leite ainda morno, da ordenha feita na hora.

Tempos depois, seus avós adquiriram uma mula e uma carroça, e começaram a vender leite pela vizinhança, de porta em porta, de modo que, com muito esforço, privação e misérias, conseguiram prosperar e, até o início de 1910, quando seu pai veio ao mundo, montaram a primeira padaria do Cachambi. Ao longo do tempo em que viveram das vacas, da carroça e das mulas, seus avós paternos jamais compreenderam porque no Brasil também havia barões, e porque estes enviavam, como em Vila Viçosa, capangas armados para cobrar o foro pelo terreno em que viviam. "Que barão?", eles indagaram pela primeira vez em que foram intimados: pensavam que a terra era deles, pois a tinham comprado. Mas não era bem assim. Os capangas do barão, não apenas bem armados, mas também montados em resfolegantes cavalos de raça e munidos de cadernetas de mão, não se mostraram sensíveis aos seus reclamos. Explicaram, ao menos, que, sim, era verdade, eles haviam adquirido o terreno, mas o terreno fazia parte de uma gleba imensa, pertencente ao barão de

Abadia: se eles quisessem viver ali, sentenciaram, ríspidos, teriam que pagar o foro, cujo direito pertencia ao barão. Relutantes, mas acima de tudo temerosos, passaram a pagar pelo direito de morar no que pensavam que era deles, e a sonhar com o dia em que deixariam de pagar foro para quem quer que fosse, estivessem no Velho ou no Novo Mundo.

Esse tempo finalmente chegou quando montaram a primeira padaria de que se tem notícia no Cachambi. Por essa época, como num passe de mágica, eles se deram conta de que, além de cultivar e pastorear, também sabiam fazer pães, bolos, pasteis. Eles também se deram conta de que por ali ninguém vendia pão, e que os hábitos alimentares se circunscreviam a comer farinha de mandioca com peixe frito ou carne seca. A vizinhança, pensaram, poderia se acostumar com um pão quentinho para acompanhar o leite das suas vaquinhas — que, agora, já eram seis. No entanto, com o sucesso da padaria, tornou-se impossível manter as vaquinhas: foi assim que eles decidiram vender o pasto irregular e as vacas, livrando-se, enfim, e de uma vez por todas, do foro a que tinham sido obrigados a pagar pela vida afora.

Nessa mesma época nasceram, um após o outro, seus dois filhos varões: seu pai, o primogênito, em 1910, e, dois anos depois, seu tio. Os meninos se criaram entre broas e farinhas, e brincavam em meio a lenha amontoada ao lado da padaria. Trabalhavam pra valer, como se fossem adultos, e incessantemente: na masseira, no forno, lidando com leite, açúcar, com fermento, confeitos e com coco ralado. Aprendiam no dia a dia a preparar pães, bolos, pasteis doces e salgados. À tarde, simplesmente impecáveis, apareciam no balcão ao lado do pai, de roupas trocadas, cabelos penteados, vendendo pão à clientela. Quando seu pai, o primogênito, fez quinze anos, não demorou muito para que suas inclinações começassem a distar das do seu tio. Enquanto seu tio, sempre diligente e solícito, trabalhava sem trégua, sempre disposto, sempre atento aos negócios da padaria, seu pai, o primogênito, de modo inverso, demorava-se nas entregas e desaparecia por horas a fio vagando pela vizinhança, principalmente "pelas casas das negrinhas", como sentenciava, enraivecida, a velha portuguesa, que, à sua falta, o buscava em vão pelas vielas desoladas do Cachambi. Cada vez mais seus avós confiavam ao seu tio as contas da casa: era ele quem fazia as compras de farinha, de açúcar, de fermento em grosso, de madeira. Era ele quem controlava o caixa, quem contratava os empregados — que, em pouco tempo, se fizeram necessários ao negócio.

Seu pai, o primogênito, ao contrário, mostrava-se cada vez mais arredio às artes da panificação, confeitaria e pastelaria, bem como evadia-se tanto quanto lhe fosse possível ao controle paterno: preferia caminhar pelas ruas do Cachambi onde viviam os artesãos — admirando o móvel talhado por um, o sapato costurado por outro ou, ainda, o corte de roupa lavrado por um terceiro. Naquelas ruas lamacentas, remotas, laterais e periféricas, se fazia de tudo — roupas, calçados, móveis e até caixinhas de música — que, à muito custo, seguiam para a cidade em carroças ou no lombo das mulas. Seu pai ziguezagueava daqui pra acolá, observando a oficina de um, a perícia do outro, e pensando no que poderia fazer. Acabou como aprendiz de marceneiro.

O marceneiro era, como a maioria dos artesãos, um preto velho: filho de um africano liberto que ainda estava vivo, e que estava cego. Alto, espigado do corpo, esperto, lápis de grafite sempre preso atrás da orelha — como se o lápis fosse não um adereço ou um instrumento de trabalho, mas uma parte do seu corpo —, o preto marceneiro detinha, além de tato, um olho preciso para as madeiras. Ele mesmo contava a todos que seu pai tinha sido escravo, e que trabalhara a vida inteira para seu senhor no mesmo ofício que o dele, até conseguir sua carta de alforria quando já estava alquebrado e velho. Seu avô tinha morrido escravo. O preto marceneiro do Cachambi, no entanto, tivera mais sorte: foi dado como livre na pia batismal, como um presente de consolação para seu pai cativo e fiel. Se seu pai tinha vivido a maior parte da vida como escravo, pelo menos teve a sorte de ver o filho em liberdade desde que ele era um nenê. O preto marceneiro sabia muito pouco sobre sua mãe, morta quando ele ainda era menino no cueiro.

Seu pai se afeiçoou a esse preto marceneiro, ao mesmo tempo que o preto marceneiro se afeiçoou àquele menino branquelo e curioso, que fuçava tudo, que mexia nas ferramentas, e que, estranhamente, parecia, sem conhecer o ofício, levar jeito com as madeiras e com as medidas,

14

com os cortes e com os diferentes tipos de polimentos. O preto marceneiro não tivera filho varão, o que pensava ter sido um castigo divino ou uma tremenda falta de sorte. Esperava ensinar a um, dois ou mais filhos homens os segredos do ofício, de modo a dispor de ajudantes servis e fiéis, sempre debaixo do seu chicote, de senhor da marcenaria. No entanto, ele e sua mulher — uma mulata um pouco mais clara que ele, e sobre a qual também pouco se sabia, pois tinha sido exposta na roda da Santa Casa de Misericórdia em suas primeiras horas de vida —, tiveram cinco mocinhas, todas formosas e gentis, mas que não serviam pra nada. O branquelo do seu pai, ao fim e ao cabo, começou a se meter não apenas com a marcenaria, mas também com a filha do meio do preto marceneiro — a mais bonita de todas, a mais calada, a mais recatada e a mais comedida, então com quatorze anos de idade. Essa menina mulata seria, poucos anos depois, sua mãe — o que tornava o preto marceneiro do Cachambi e sua mulher enjeitada seus avós maternos.

O casamento entre seu pai e sua mãe, a filha do preto marceneiro, foi a gota d'água para que seus avós paternos, brancos e portugueses, rompessem definitivamente com seu filho primogênito, abandonou-o por completo daí por diante. Depois das bodas ocorridas às pressas e sem maiores cerimônias, realizadas, aliás, às ocultas, e apenas no registro civil, os velhos portugueses passaram a não mais reconhecê-lo como herdeiro. Para completar o quadro, que julgavam triste e desolador, seus avós irritaram-se sobremaneira quando viram o filho mais velho partir da casa de pedra que haviam construído para um barraco de madeira, coberto com folhas de zinco, em pleno morro da Formiga — um morro pelado e semideserto que se erguia no sumidouro da Tijuca. "Onde já se viu, ó pá", arremetia sua avó, "casar-se com uma negrinha e viver como mecânico trepado num morro como um macaco! Que descalabro medonho!". Foi ali, naquele morro esquecido por Deus que seu pai iniciou sua vida de casado com a filha do preto marceneiro — e foi ali, enfim, que ele nasceu: onde viu a luz pela primeira vez em sua vida, ou na primeira das tantas vidas que teria dali por diante.

Seus pais viveram no morro da Formiga entre 1930, quando se casaram, e 1940, quando, finalmente, se mudaram para o Meyer. Em 1933 ele nasceu: um nenê saudável, robusto e mulato. E formosíssimo. Nem totalmente claro, nem inteiramente escuro, era um nenê peculiar, diferente, parrudo, de olhos claros, ora azuis, ora esverdeados — a mesma cor de olhos furta-cor e indefinida da sua avó paterna. Os velhos portugueses, rompidos em definitivo com seu pai desde o desvario do casamento com sua mãe, a "pretinha carioca" — como sua avó paterna a apodava —, abriram uma exceção quando souberam do nascimento do primeiro neto. Aceitaram que sua mãe os visitasse na casa do Cachambi, contígua à padaria, de modo a levar a criança, seu neto legítimo, à sua digníssima presença. Quando sua avó paterna botou os olhos pela primeira vez sobre aquele nenê parrudo, bonito, quase sobrenatural, com seus olhos agateados e que tinham a mesma cor que os seus, não pode controlar a meiguice dos seus afetos e seu completo derretimento: a velha portuguesa verteu uma lágrima e, depois da primeira hora, não queria deixar a nora partir por nada nesse mundo. O velho português, branquelo e de cabelo no peito, ainda menos contido, beijou repetidas vezes o nenê, e ficou com ele nos braços — olhos marejados e fixos em seu pequeno rosto apolíneo — por um tempo quase indefinido.

O gesto conciliatório da sua mãe e seu contato furtivo com os sogros para que conhecessem seu primeiro e, por todo o sempre, único neto, custou a primeira das muitas surras que seu pai lhe imporia dali por diante por qualquer motivo banal, ou mesmo sem motivo algum. Ao mesmo tempo que a surrava, seu pai gritava-lhe impropérios, chamando-a de "negra burra", de "besta desalmada", "mulata ignorante", de "preta estúpida" e outros epítetos desagradáveis, em geral relacionados à sua cor. Naquela primeira surra sem limites — em que levou socos e pontapés a três por quatro por todas as partes do seu corpo franzino e mulato —, sua mãe apenas ouviu aqueles xingamentos, sem reclamar ou derramar uma lágrima sequer. Ao longo de todas as surras a que se submeteu dali por diante, ela jamais reagiu àquelas ofensas e pancadarias, aceitando tudo como se aquilo fosse sua missão, seu destino inelutável — seu sacrifício por ser esposa e, sobretudo, por ser sua abençoada e agraciada mãe. Durante os anos em que viveu com aquele homem indiferente ao que ela era como pessoa, sua mãe conformou-se com sua condição supostamen-

16

te inferior e com o tratamento que lhe era dispensado por seu marido tirânico e perverso. Ao longo da sua infância, ele viu o pai repetir muitas vezes aqueles epítetos, gestos e agressões e, como sua mãe, disse a si mesmo que aquilo não era nada. Mas, aos poucos, os impropérios, as agressões e as pancadas passaram a ser dirigidos não apenas à sua mãe, mas também a ele que, fosse lá porque fosse, recebia palmadas na bunda nos seus primeiros anos, golpes de palmatória nas mãos e em outras partes do corpo depois dos sete anos, e relho por todo o corpo depois dos dez.

Além dos xingamentos, seu pai perpetrava torturas mentais cada vez mais cruéis e desumanas. Às sextas feiras, ao cair da noite, ele desaparecia para retornar apenas pela manhã do sábado ou no domingo, já na boca da noite. Ninguém sabia onde estava, com quem estava, por onde andava. Seu pai não dava notícia e nenhuma satisfação. Era como se tivesse o direito inalienável, a prerrogativa sacrossanta, de desaparecer de vez em quando por alguns dias para reaparecer quando quisesse e bem entendesse. Sua mãe sofria com sua ausência e se preocupava com seu paradeiro, e se perguntava a cada instante aonde estaria o marido desatinado. Entretanto, ela também acabou se acostumando com aquele sumiço aleatório e, por vezes, prolongado e, como sempre, não reclamava quando ele retornava. Silenciosa e sensata à sua maneira, pensava que era melhor que ele reaparecesse no domingo que na madrugada dos sábados, ou das próprias sextas feiras em que partira — como soía acontecer algumas vezes —, uma vez que seu reaparecimento repentino e temporão significava que suas escapadelas, suas aventuras e suas conquistas não tinham sido bem-sucedidas.

E nada enfurecia mais seu pai que uma recusa, que uma aventura não consumada, que um marido ciumento que lhe impedisse de usufruir da sua "negra". Nessas madrugadas em que voltava para o barraco mais cedo que de costume, batia e xingava sua mãe com um ímpeto assustador, seus gritos ecoando pelo morro entre as pedras, as árvores e por entre os barracos mal construídos, como brados de um deus maligno e impiedoso. Nessas madrugadas de pânico e de terror, quando retornava para casa embriagado, imundo, banhado de suor, por vezes enlameado e ensanguentado, por vezes com as roupas

17

rasgadas em tiras, obrigava sua mãe a descer o morro às três, quatro horas da manhã para ir ao poço mais próximo para buscar pesados e calosos baldes de água. Queria se banhar.

E lá ia sua mãe, na escuridão do morro, entre pedras musgosas, arbustos e barracos disformes, descendo a ladeira até uma rua qualquer da Tijuca, onde ficava o poço mais próximo, para depois subir a ladeira novamente, tombando aqui e ali, magra, franzina, sofrida, humilhada, depreciada, morta em vida, sustentando sobre a cabeça nanica e o pescoço esgaivotado, à maneira das formigas, uma lata d'água cujo peso parecia ser igual ao do seu próprio corpo. Quando chegava ao barraco, extenuada, esfalfada, deixava a água sobre uma pedra lisa e branca, como seu pai, que havia ao lado do barraco. Era ali onde ele, o tirano, o rei absoluto, o senhor de todas as coisas e pessoas, tirava solenemente suas vestes imundas para, ébrio, soberbo, completamente desnudo — para escárnio dos até então poucos vizinhos que se aventuravam nas alturas do morro tijucano —, se banhar com seu sabonete Eucalol: as partes pudendas expostas desavergonhadamente à vista de todos. Depois do banho, seu pai entrava no barraco e sentava na cadeira de balanço que fizera para si mesmo — e na qual ninguém podia sentar, sob pena de tomar uma sova —, e ordenava à sua mãe que massageasse seus pés e lhe fizesse cafuné. Enquanto era massageado pelas mãos magras e ossudas da sua mulher de pele escura, e sob o olhar fugidio do filho que, assustado, a tudo assistia, ele vociferava, entre irônico e risonho — como se tivesse encarnado o espírito de algum barão do império —: "É pra isso que serve essa negra!".

Frequentemente seu pai arranjava namoradas no Cachambi, onde ainda trabalhava na oficina de marcenaria do sogro. Quando suas namoradas iam ao morro da Formiga para lhe ver, ele sempre arranjava uma oportunidade para, da forma mais sádica e sórdida possível, apresentá-las à sua mãe. Ao mesmo tempo, seu pai frequentava vários barracos no próprio morro da Formiga, nos quais dormia com rameiras do cais do porto, com mulheres sós, algumas cabeças de família, principalmente com mulheres casadas, cujos maridos se ausentavam o dia inteiro porque trabalhavam na cidade. Certa feita, seu pai chegou em casa com um olho roxo: foi flagrado com uma vizinha — mulher de um burro sem rabo que fazia ponto na praça Mauá — quando estava na cama com ela, sob a audiência incomoda dos seus filhos pequenos.

Em muitos casos, as amantes do seu pai pareciam vizinhas inofensivas, mães de família, alguma das quais, inclusive, tomavam sua mãe por madrinha de algum filho. Meses depois de elas a conhecerem, de fazerem a primeira visita ao barraco, ou mesmo dias depois de descontraidamente tomarem um café numa tarde qualquer, lá estava a mesma mulata assanhada, a mesma branquela atrevida, a mesma china danada, conversando com seu pai na janela do barraco, em meio a risadas estridentes, piadas debochadas, mãos bobas indo e vindo de um lado para o outro em plena luz do dia e à vista de todos. Sua mãe nada dizia ou fazia, pois temia uma surra daquelas. Sabia que se fizesse ou dissesse alguma coisa fora ou além do tom amargaria duras e terríveis consequências. Nessas horas, como em todas as outras, ela calava. Enfurnava-se no espaço exíguo do barraco, rezava, e costurava alguma peça à mão, ou bordava. Ou tricotava. Sua mãe sentia muito frio lá em cima do morro, e nos meses de junho, julho e agosto vivia sob as colchas de retalhos mal-ajambradas e costuradas, de fio a pavio, por ela mesma. Tudo aquilo — as rezas, o tricô, o asseio permanente do barraco, que ela conservava sempre limpo, florido, arrumado, e até mesmo o frio desmedido que sentia —, pareciam compensações pela sua condição infeliz: respostas idiotizadas ao desprezo que lhe era devotado por um marido cruel e perverso. O medo crescente, indizível, que sentia do seu pai a paralisava. Ela, enfim, não dizia nem que sim nem que não quando uma zinha qualquer batia à porta do barraco perguntando por ele. Apenas arfava, se encolhia e buscava o rosário que repousava na caixa de costura ou em alguma gaveta da sala.

Terceiro

A vida do seu pai deu uma guinada quando ele descobriu que o cascalho estava na estofaria, e não na marcenaria. Quando anunciou que iria abrir sua própria oficina, seu avô, o preto marceneiro do Cachambi, não gostou nada da ideia. Havia muito serviço na marcenaria, e o genro era indispensável no trabalho pesado e na entrega das encomendas dentro do prazo — que, mesmo assim, quase sempre seguiam com retumbante atraso. Ao mesmo tempo, por ser branco, o genro era visto pelos clientes como um homem honrado, morigerado, digno, ao passo que seu avô lhes exibia uma negrura que parecia, à primeira vista, injetar desconfiança e falta de consideração ao serviço. Embora fosse seu avô o dono da oficina, o mestre do ofício, o sabedor dos cortes e das madeiras, era seu pai que, ao longo das visitas, quando tiravam as medidas e recebiam as encomendas, parecia o chefe, e que se apresentava como o sabe-tudo, o dono do pedaço. Seu avô parecia não se importar com o descaso que lhe era devotado pela clientela, contanto que as encomendas fluíssem, que a remuneração tilintasse em seus bolsos.

Mas seu pai estava decidido. Quando, à revelia do sogro, tirou suas ferramentas da marcenaria, aproveitou para destroçar as boas relações que tinha com ele. Desacatou o preto marceneiro, xingou-o de "negro burro" e, sempre com um sorriso sardônico nos lábios, insinuou que ele trapaceava nas contas de modo a ludibriá-lo na hora dos acertos. Foi a gota d'água para o seu avô, que jamais admitiu ser acusado de desonesto por quem quer que fosse. "Tire suas ferramentas daqui e suma de uma vez por todas", decretou o preto marceneiro, altivo como um príncipe derrotado. "Nunca mais quero ver sua cara caiada nessa oficina ou na minha casa". Seu avô sequer olhou para seu pai enquanto conversavam. Sem tirar os olhos da madeira que polia, encerrou a conversa agachado, de costas para o genro depravado.

Vingativo como era, seu pai levou aquela invectiva ao pé da letra. Proibiu a esposa de visitar sua própria família, privando, assim, seu filho, único neto e único sobrinho, do contato com seus avós maternos e com suas amorosas tias. O menino, formosíssimo, aliás, ia com frequência à casa da avó enjeitada, e brincava horas a fio com as tias, que o amavam acima de tudo e de todos, não apenas porque ele era uma criança saudável, bem cuidada e belíssima, o único sobrinho e o único homenzinho da família, mas também porque nenhuma delas amava a mais ninguém. Ele era mimado por elas, e o levavam em comitiva para passear pelas ruas ora enlameadas, ora poeirentas do Cachambi. Elas brincavam e troçavam dele de uma forma carinhosa e divertida, e o seguravam em seus braços como se ele fosse um bonequinho de biscuit, um brinquedo raro e maravilhoso, vivo e belíssimo. Aos quase oitenta anos, vivendo por um fio ao fim das suas tantas vidas contidas numa vida só, ele lembrava das suas tias pretas, das suas brincadeiras e da sua risadagem, como se ele tivesse vivido aquilo há poucos dias. O falso frescor da memória de velho lhe trazia o cheiro e as visões caleidoscópicas de quem, ainda criança, passava de braço em braço, e era amado e acariciado como um bem precioso. Velho e corrompido pelas vidas que teve, recordava indiferente desse passado quase sepultado e, mesmo sem querer, o sentia invadir seu espírito como se voltasse aos quatro, cinco anos de idade: aos anos passados há tantos anos, ou há tantas vidas contidas numa vida só.

Ele e sua mãe sentiam falta dos seus avós maternos e das suas tias, mas seu pai tinha sido, como sempre, peremptório e inflexível: se ele próprio rompera com seus pais, que o deserdaram, sua mulher também deveria romper com os seus. Não precisavam de mais ninguém, bradava. Eles se bastavam. Para piorar ainda mais as coisas, as tias, inconformadas com a situação, com o rompimento com o único sobrinho, a quem amavam como a mais ninguém, souberam que sua irmã, casada com aquela besta batizada, com aquele homem tirânico e cruel, recebia pancadas a três por quatro, dia sim, dia não, e era maltratada pelo marido, que não lhe dava descanso, nem sossego. Souberam disso um dia em que foram visitá-la em seu barraco no morro da Formiga. Nessa ocasião, viram as marcas pelo seu corpo: marcas que a irmã escondeu até quando pôde, mas que não conseguiu evitar que fossem cruamente expostas quando ela se agachou para apanhar alguma coisa caída no chão batido do barraco — tantas e tamanhas eram as cicatrizes que grassavam em suas pernas, pelas costas, nas nádegas. Quando regressaram ao Cachambi, relataram ao pai o que tinham visto, e exigiram que ele fizesse alguma coisa. "Depois que eu entrego a mão de uma filha ao noivo", sentenciou seu avô enquanto serrava uma tábua de jacarandá, "nada mais tenho a ver com ela: é uma propriedade do marido. Ele que faça com ela o que bem entender". Suas filhas ouviram aquelas sentenças disparatadas, se enfureceram, mas não reagiram. Apenas se dispersaram, uma a uma, silenciosas e cabisbaixas, no terreno atulhado de madeiras que separava a oficina da casa. Tal como estava antes de proferir a sentença de morte da própria filha, o preto marceneiro do Cachambi manteve-se em seu canto, empedernido e indiferente, cabeça baixa, atento aos movimentos da sua mão, enquanto serrava a madeira de lei. Foi assim que aquele nenê belíssimo, de olhos verdes-azulados, mulato e parrudo, foi confinado ao mundo pequeno, mesquinho e opressivo, àquele triângulo funesto, odioso e nefasto que formava com um pai tirânico e violento e com uma mãe dedicada e generosa, mas tão frágil que poderia ser esmagada por uma lufada de vento. Em seu círculo de convivência, não havia, enfim, mais parentes além de eles três: seu mundo resumindo-se apenas a ele, a seu pai e a sua mãe. Ela era o vértice daquele triângulo e, ao mesmo tempo, era o amortecedor, o tampão que lhe separava da tirania paterna: justo ela, um saco de pancadas ambulante, um animal acuado, um ser humano destruído e aniquilado pela falta de amor e de consideração.

Quarto

Quando seu pai montou sua própria oficina de estofador, ao pé do morro da Formiga, na Medeiros Passos, sua fama cresceu por todo o Rio de Janeiro. Como ele trabalhava primorosamente, sabia copiar os modelos das poltronas e dos sofás em couro que via nas revistas, e comprava matérias primas de primeiríssima qualidade, seus estofados começaram a invadir as casas de gente rica do Catete, da Glória e de Botafogo, e depois dos palacetes de Copacabana. Em breve, havia encomendas de sofás, poltronas, marquesas, namoradeiras e de banquetas acolchoadas chegando até de Petrópolis. Seu pai teve que contratar ajudantes que, como ele e sua mãe, eram surrados com relativa frequência mesmo quando perdiam pequenos pedaços de couro ou alguns centímetros de tafetá.

Foi nessa época de bonança, nos melhores anos da vida de estofador, que seu pai encontrou a casa do Meyer. Queria mudar do morro da Formiga, onde parecia absurdo residir um homem que fabricava poltronas de couro legítimo nas quais sentavam algumas das digníssimas bundas da fina flor da sociedade carioca. A casa do Meyer ficava numa rua tranquila, que confinava com um morro baixo e escalavrado pelas pedras que lhe serviam de arrimo. Contudo, já naquela época, as casas começavam a se amontoar umas sobre as outras, e os terrenos já não tinham dimensões avantajadas, como outrora. Seu pai comprou à partida uma edícula de dois cômodos e um banheiro e, aos poucos, ano após ano, transformou a casa do Meyer numa residência de três quartos, sala, um terraço com cadeiras de balanço de vime — destinadas a ele e a sua mãe, pois seu pai ainda conservava a cadeira de balanço de madeira na qual apenas ele mesmo podia sentar —, copa e uma cozinha estreita e atulhada de móveis embutidos. Depois de concluída, a casa acabou dispondo de uma área externa exígua. Mas ainda sobraram um pequeno quintal com dezenas de árvores frutíferas plantadas a esmo — goiabeiras, mangueiras, pessegueiros, caramboleiras, abacateiros —, e dois oitões livres com, no máximo, dois metros de largura. Uma vez concluída a edificação de uma pequena lavanderia, nos fundos, o quintal não conservou mais do que cinco metros de profundidade.

Seu pai, porém, não esqueceu de erguer em volta da casa muros altos e encimados por cacos de vidros — "para que os malandros rasguem a boca quando pensarem em roubar as nossas frutas", alardeava. A impressão final era que a casa se assemelhava a um *bunker* inexpugnável e intransponível: uma prisão, ou um campo de concentração, cravado num bairro operário. Uma casa fechada a tudo e a todos, sem que houvesse, à época, qualquer razão aparente para uma construção daquelas no Meyer. Ao edificá-la, seu pai parecia antecipar os dias violentos de hoje em dia — ele pensava e recordava, aos quase oitenta anos, debruçado em sua janela que dava para a Nossa Senhora de Copacabana. O estreito e nefasto triângulo odioso em que ele vivia fechou-se ainda mais dolorosamente depois da mudança para aquela casa escura, repleta de móveis escuros e pesados, pintada metade de verde musgo, metade de verde claro, cercada de árvores frutíferas de copas altas e densas, e por muros altos encimados por cacos de vidro. Uma casa na qual, por opção do seu construtor, o sol não batia nunca.

Achando-se inteligente e disposto a poupar sobretudo a si mesmo e, depois, à sua mulher das idas e vindas ao chafariz mais próximo, seu pai resolveu construir um sistema de abastecimento d'água privado, doméstico. Primeiro ele cavou um poço ao lado da casa e, mais tarde, instalou uma bomba hidráulica, manual, para retirar a água cristalina, pura e limpa, que brotava por entre as pedras brancas que se avistavam ao fundo. Um ou dois anos depois, ele instalou uma bomba elétrica — a primeira bomba elétrica vista no Meyer — para puxar a água do poço e enviá-la diretamente a uma caixa d'água de alvenaria que construíra sobre o telhado, ao lado da casa. Para piorar o quadro — pois o quadro sempre podia piorar —, seu pai se aproveitava da sua situação de abastança, de fortuna — pois, no Meyer, ele era um homem rico, bem de vida —, para se apresentar aos vizinhos como um sujeito benfazejo. Quando abriu o poço e instalou a bomba hidráulica manual, ele saiu pela vizinhança, de casa em casa, dando

24

a notícia de que, em caso de falta d'água no chafariz mais próximo — o que ocorria corriqueiramente por aqueles anos —, sua bomba estava à disposição. Nestas ocasiões, todos, mas principalmente as vizinhas, poderiam adentrar em seu *bunker* suburbano para buscar água fresquinha, limpa, retirada diretamente do lençol freático que repousava a alguns metros abaixo das suas casas. Quando as torneiras dos chafarizes secavam e as pobres mulheres apareciam no quintal, seu pai, descaradamente, enquanto se oferecia para ajudá-las com a bomba manual, ou para colocar a lata d'água na cabeça, apalpava-as, ou molhava de propósito suas blusas e saias só para atestar os formatos dos seus seios, das suas nádegas, das suas coxas. Algumas vizinhas sorriam, amoleciam, e se deixavam cantar por aquele homem infame e depravado. Depois das suas cantadas obscenas e indecentes, muitas vezes proferidas nas fuças da sua mãe, estas zinhas acorriam à sua porta, lata d'água na cabeça, da forma mais despudorada e descabida possível, atrás não apenas da água potável, mas também da aventura sexual muitas vezes consumada em seus próprios quintais. Algumas, mais dignas e recatadas, jamais voltavam a recorrer ao poço. Outras retornavam, e com frequência, à bomba do seu pai — mortificando sua mãe, que não cabia em si de tanta vergonha.

Quando começou a carreira de estofador, seu pai descobriu, por intermédio de um amigo, frequentador, na Lapa, dos mesmos bordéis que ele, que as famílias elegantes estavam comprando apartamentos em frente às praias do caminho do mar. Alguns eram apartamentos de veraneio, alugados, para os quais famílias inteiras se transferiam nos meses mais quentes do ano ansiando por tomar uma fresca e se livrar do movimento infrene de pessoas e de veículos que imperava no Catete, na Glória, em Botafogo. Outros apartamentos, no entanto, eram comprados para moradia estável e regular. Famílias inteiras mudavam-se da cidade para, então, viver nas praias do Leme, de Copacabana, do Arpoador, onde, até pouco tempo, só se via o movimento dos barcos, dos pescadores que iam e vinham do mar, do peixe fresco e dos mariscos descarregados nas colônias de pesca. Seu pai achava aquilo um desatino, uma loucura. Onde já se viu, deixar as ruas elegantes de Botafogo, do Catete ou da Glória e se transferir para aquele fim de mundo?

Depois que abriram os túneis sob o morro da Babilônia e o túnel do Leme, e se criaram as primeiras linhas de bonde, vários palacetes térreos e elegantes, muitos em estilo clássico, tinham sido erguidos na Avenida Atlântica, bem em frente ao mar de Copacabana. À época em que seu pai se especializou no ofício de estofador, iniciou-se a construção dos edifícios: palacetes gigantescos, verticais, de três, quatro andares, inspirados na *art decó*, com apartamentos que atraíam um número cada vez maior de famílias bem-nascidas. Seus proprietários eram pessoas ligadas ao governo da república e às forças armadas: gente com sobrenomes importantes, pomposos, afixados nas portarias e nas caixas de correio dos edifícios.

E as famílias elegantes precisavam mobiliar seus apartamentos. Um dia, quando já moravam na casa cercada de árvores e asfixiante do Meyer, seu pai o levou pela primeira vez a Copacabana. Devia ter dez, onze anos. Seu pai não o levou para conhecer Copacabana, mas para não o abandonar em casa sozinho. Sua mãe começara a se queixar de dores no peito, de falta de ar, e precisava ir à cidade, ao médico. Sem ter com quem ficar, seu pai lembrou que precisava de ajuda para retirar as poltronas, banquetas e marquesas do caminhão de frete, pois o chofer jamais se dispunha a sair da boleia. Foi assim, por esse motivo prático, utilitário, quase banal, que ele foi, pela primeira vez na vida, ou em uma das suas primeiras vidas, a Copacabana.

Copacabana se lhe afigurou um mar de delícias: lugar sossegado, tranquilo, relaxante, o areal imenso, o bramido ora violento, ora domesticado das ondas, as garotas em seus trajes praianos, os palacetes, as gaivotas grasnando e pousando na areia — tudo lhe pareceu um encanto, uma admiração, uma lufada de ar fresco em sua vida estreita e comprimida. Copacabana lhe pareceu sobretudo um mundo sem fronteiras, que se abria em perspectivas múltiplas, amplas, extensas, seções infinitas de tempo e de espaço a se perder de vista. Não havia a falta de ar, a opressão, o sentimento de aperto, o sufoco, que imperava entre os morros e as pedras gigantescas, nos cantos exíguos e escuros que predominavam nos bairros que vinham depois da Tijuca. Sonhou, então, ainda menino, que um dia viveria ali: não sabia quando. Numa vida futura, numa das suas tantas vidas que viria pela frente, Copacabana seria seu lar, seu lugar de residência — tal como o era para as gaivotas.

Copacabana lhe desvelou ainda um outro encantamento: enquanto descarregava junto com seu pai-patrão poltronas e sofás às portas dos edifícios, moçoilas — que a princípio lembraram suas saudosas tias — saíram das suas rotas e dos seus caminhos corriqueiros para vê-lo mais de perto. "Que menino lindo!", exclamavam, encantadas, exalando odores magníficos, com suas saias ao vento, com seus cabelos lisos, suas peles brancas e bronzeadas pelo sol. Assanhadas e, ao mesmo tempo, carinhosas, elas o tocavam, buliam com ele, puxavam-no pelo braço, acariciavam sua face. Ele, em sua meninice, as olhava, tímido e atarantado, e sentia, à sua aproximação descomedida e concupiscente, sobretudo o cheiro adocicado, fêmineo e penetrante que, sem que soubesse porquê, lhe produzia, além de prazer e frêmitos agradáveis, desamparo, angústia e solidão. Elas não eram suas tias, ele intuía, porque, além do carinho e do aconchego que lhe proporcionavam, havia malícia e sagacidade em seus toques, em seus agrados, no perfume irresistível que emanava dos seus poros. Quando entrava nos edifícios, nos apartamentos, o pai suando em bicas, as poltronas pesadas quase lhe caindo das mãos franzinas de criança crescida à pulso, tanto as empregadas, todas mulatas como sua mãe, como as meninas brancas e magras, as meninas-de-famílias, vinham tocá-lo, cheirá-lo, fazer-lhe carinhos e dizer-lhe gracinhas. Depois vinham as madames de dentro das alcovas, como se aparecessem do nada: as mulheres dos homens de Estado, dos generais, dos brigadeiros, as donas fulana e sicrana, com seus nomes pomposos, a engrossar o coro das moçoilas que, sem cansar, exclamavam, frenéticas: "Que menino lindo!". "Quer casar comigo quando crescer?", perguntavam as mais irreverentes e mais afoitas. "Não fala assim, não", diziam ainda outras, aumentando sua angústia e solidão, "que ele fica encabulado".

O pai ria de tudo aquilo, e se orgulhava do filho galinho, danado, macho que nem ele, sem se aperceber que o filho, para além das ondas de prazer e de deleite que lhe corriam pelo corpo, estremecia de terror, o pavor estampado em seus olhos verdes-azulados que resplandeciam incrustados em sua mulatice. Uma vez que jamais tinha olhado diretamente para o filho ou para os seus olhos, o pai apenas compreendeu, e cheio de malícia, que ele era belíssimo e distinto de todas as outras crianças pelo sucesso que fazia entre as meninas de Copacabana, e mesmo entre as senhoras não-sei-do-quê, entre as madames de nomes estrambóticos que lhe encomendavam estofados. Seu pai apenas pensou que talvez fosse bom negócio levá-lo sempre consigo por ocasião das encomendas e das entregas — quando uma conversa puxava a outra, e novas encomendas poderiam ser feitas. Naquelas circunstâncias, o filho mulato, embora ainda menino, com seus olhos de uma cor indefinida entre o verde e o azul claro, com seu corpo esguio, apolíneo, admirável, atraía certas pessoas que, dentro das casas ricas do caminho da praia, pareciam ter um poder imenso, discricionário, quase ilimitado: as madames, as donas-de-casa de maridos ausentes, as senhoras fulana e sicrana.

Em pouco tempo, graças ao encantamento provocado pelo garoto belíssimo, e por causa da enorme influência das madames não apenas de Copacabana, mas também do Catete, da Glória, de Botafogo, algumas repartições públicas e ministérios também começaram a encomendar poltronas e sofás ao seu pai. As esposas, mães e senhoras não-sei-do-quê convenciam os maridos — importantes funcionários do Estado e militares de alta patente — de que suas poltronas de couro confortáveis e elegantes iriam realçar a sobriedade e a severidade de seus gabinetes. Foi assim que ministros de Estado e políticos importantes, deputados e senadores da república, principiaram a sentar suas bundas avantajadas, flácidas e sujas nos acolchoados caríssimos de couro de boi que só seu pai sabia cozer à madeira. A notoriedade dos seus estofados foi tão longe, e tão alto, que personagens centrais da república, arqui-inimigos políticos empedernidos, encomendavam quase ao mesmo tempo seus móveis sem o saber. Vargas, no Catete, teve uma poltrona de couro de boi em estilo vitoriano cozida por ele, enquanto Lacerda optou por uma namoradeira de estilo rococó, que colocou no canto do seu gabinete, no palácio Tiradentes.

Para dar conta das tantas e tão diversas encomendas, seu pai contratou vários funcionários, ampliou sua oficina da Tijuca, e comprou toda sorte matérias-primas para muitos anos — vários tipos de madeiras, metros e metros de couros, de tafetás, de sedas, de voil, de chenille, veludos de todas as cores, além de tachas, grampos e cravos de cores e metais diversos. Todavia, o sucesso lhe subiu a cabeça. Em pouco tempo as farras homéricas, as bebedeiras sem fim, os ternos de riscado, as calças e camisas feitas sob encomenda pelos alfaiates da Marechal Floriano e, principalmente, as centenas de prostitutas bem-feitas e caras — algumas vedetes decadentes dos teatros de revista da Tiradentes e da Cinelândia — consumiram cada centavo que ganhava com a venda das suas marquesas, poltronas e namoradeiras. Por fim, o desleixo e as faltas ao trabalho, o descaso com os funcionários — que passaram a roubar metros e mais metros de couros e de veludo na cara dura e à luz do dia —, e os atrasos constantes na entrega das peças, foram reduzindo drasticamente a freguesia, e tornando suas encomendas cada vez mais raras e esporádicas. A situação ficou insustentável quando as fábricas do Sul, sobretudo as do Paraná, começaram a entupir o mercado carioca com poltronas de couro baratas feitas em série, mas tão bem-feitas quanto as que ele fabricava, uma a uma, em sua oficina da Tijuca. Daí em diante, a decadência foi geral, e célere. Faltava dinheiro em casa até para pagar o pão e o leite. Seu pai não sabia o que lhe estava acontecendo. Intuía que alguma maldição o tivesse acometido. Atribuía sua ruína a um complô, a tramas urdidas por sabe lá quem, talvez por invejosos, por vizinhos do Meyer ou da oficina, por ex-amantes macumbeiras inconformadas por terem sido passadas pra trás. Não sabia quem eram os inimigos que, pelas costas, lhe apunhalavam, mas tinha certeza de que não era apenas o destino. Fazia e refazia as contas, mas, no horizonte, apenas enxergava miséria, dívidas, humilhação. Aliviava-se apenas pela pancada: surrava quem quer que visse pela frente — o filho e a mulher em primeiríssimo lugar.

Quinto

Ao fim da vida seu pai montou uma pequena oficina de consertos de móveis estofados na Lapa. A oficina acanhada, escura e malcheirosa, atulhada de madeiras de terceira categoria, de tecidos puídos e de couros imundos, ocupava o térreo de um prédio antigo, cujos andares superiores eram divididos em pequenos quartos separados por biombos, por fundos de móveis ou por paredes falsas — ora de papelão, ora de tapume de madeira. Todos os quartos, dispostos de forma labiríntica pelos três pisos superiores, eram ocupados por prostitutas, por seus filhos pequenos e tagarelas e por uns poucos cafetões que dormiam até tarde. (Certamente, Pereira Passos morreria outra vez se, da sua cova ornamentada, visse que o Rio que ele alargara e desinfetara ao expelir os cortiços das áreas centrais, voltara a ser exatamente o que era, sessenta anos depois das suas reformas.). O prédio, caindo aos pedaços, ficava numa rua obscura em que, desde as primeiras horas do dia, prostitutas se amontoavam pelos cantos, ao pé de longas e íngremes escadas, à espera dos clientes. Seu pai servia principalmente aos vizinhos da sua nova oficina, isto é, aos bordéis onde outrora era frequentador contumaz e respeitado, e recebia pouquíssimas encomendas das casas de família de Santa Tereza e da Glória: apenas consertos dos estofados que ele mesmo fabricara dez ou quinze anos atrás. Tinha, agora, um único funcionário — um paraibano idiota, maníaco, cabeça-chata, baixo, atarracado —, que resistia no emprego porque não tinha para onde ir, nem sabia o que fazer numa cidade tão grande como o Rio de Janeiro. O Paraíba — como seu pai o cognominou após o batismo carioca —, tresandava como poucos e morava na própria oficina, onde dormia num canto remelento junto à parede. Além de malcheiroso e maníaco — adorava tocar e cheirar as criancinhas das prostitutas, que torciam o nariz à sua presença nauseabunda, incômoda e pegajosa —, Paraíba não era nada confiável: perdia pedaços de couro, sumia com as ferramentas, estava sempre rindo para todos com seu riso desdentado, e aceitava todos as encomendas sem ter a menor ideia do que os clientes estavam pedindo. Parecia claro pra todo mundo que, além de atrapalhado, o Paraíba não batia bem da bola.

30

Por isso, seu pai demandava cada vez mais o trabalho do filho na oficina, a quem jamais deixou ir à escola. "Esse menino precisa ir à escola", gritava-lhe, sem medo, sua mãe, pois a defesa do filho — mas não de si mesma —, era uma tarefa da qual, a despeito da brutalidade do esposo, ela jamais abdicara. O marido, contudo, vituperava que "negro era burro por natureza", que "negro não adiantava estudar: jamais iria aprender coisa alguma. São todos uns estúpidos, e ponto final!". Ele ouvia tudo aquilo e pensava que seu pai lhe negava sua própria ascendência, como se apenas sua mãe o tivesse posto no mundo. Da janela do seu apartamento da Nossa Senhora de Copacabana, enquanto olhava os transeuntes que se acotovelavam nas calçadas e, de relance, via o Cristo apequenado pela distância e alumiado pela luz solar, ele recordava que seu pai, sempre que podia, bradava que o filho era um "grandessíssimo filho da mãe" — expressão que usava sobretudo para repreendê-lo, para acusá-lo de pequenos furtos, de algum descuido, para dizer que ele não estava trabalhando direito. Caso fizesse algo de errado em casa ou na oficina, a sequência era sempre a mesma: primeiro ouvia-o gritar "seu filho da mãe!" e, depois, a depender da idade que tinha, sentia a palmatória, o relho, o cinto lhe golpeando a belíssima e perolada pele mulata.

A ele, portanto, não agradava nem um pouco ter que trabalhar ao lado do pai, cujo único intento era enxovalhá-lo, diminuí-lo, xingá-lo, fazê-lo de empregado. Sequer sentia no pai a vontade de ensinar-lhe o ofício. Quando ensinava algo da arte da estofaria ao filho, e mesmo quando lhe pedia um serviço mais sofisticado, delicado ou meticuloso, seu pai sempre o fazia com brutalidade, sempre impaciente e indiferente aos sentimentos do rapaz que crescia a olhos vistos, para o encanto das prostitutas da Lapa que, em suas deambulações, sempre paravam à porta da oficina para vê-lo. Muitas, ainda, olhavam-no às esgueiras, das esquinas, sob as árvores, e, à sua proximidade, se portavam da mesma forma curiosa e sensual manifestada pelas lânguidas meninas de Copacabana. "Que menino lindo!", exclamavam, deleitosas.

Aos poucos, seu pai regrediu ao princípio e passou a realizar apenas pequenos e insignificantes consertos. Ao longo da sua descida ao inferno, enquanto rumava sem freios em direção à ruína, ao colap-

31

so e à decadência, seu humor colérico, sua sanha raivosa e destruidora, a tudo tocava, em tudo deixava marcas profundas, desentranháveis. Seus desaparecimentos tornaram-se ainda mais frequentes que no tempo em que vivia no morro da Formiga, ou no tempo em que era o próspero e ricaço do Meyer. Muitas vezes, agora, ele, podre de bêbado, passava a noite na oficina da Lapa sobre um estofado velho, tendo por companhia seu fiel escudeiro, Paraíba. Suas mulheres, agora putas tão decadentes quanto ele próprio, iam procurá-lo na oficina ou à porta da casa, no Meyer e, para o espanto geral, era a sua mãe a primeira a ter pena dele. "Com que tipo de gente esse homem anda hoje em dia" — ela dizia, como se se referisse ao filho pródigo.

Foi por estes anos que os sintomas da sua mãe — dores no peito, falta de ar, febres constantes — se multiplicaram. Procurou um médico na "cidade", e descobriu, aos trinta e cinco anos, que tinha um câncer no peito esquerdo. Antes que sua mãe pudesse ter qualquer esperança de cura, o médico, súbito, a desenganou. Era tarde demais, lhe confidenciou: o câncer já havia se espalhado por todo o corpo, e não havia mais nada a fazer. Não havia como extirpá-lo, não era mais possível operar — e a operação e o tratamento, à base de radioterapia, eram inacessivelmente caros. Já acontecera a metástase, dissera-lhe. Boa parte dos seus órgãos, os tecidos junto ao seu peito, principalmente ao longo do seu braço esquerdo, estavam, já, comprometidos. Restava-lhe apenas repousar, tomar alguns paliativos e algumas doses diárias de morfina para diminuir a dor e o sofrimento.

Sua mãe, porém, não disse nada ao marido, e muito menos ao seu único filho, e resolveu morrer tal como viveu: em silêncio. Quando não aguentou mais, quando as forças lhe faltaram por inteiro, e ela desfaleceu na cozinha, diante do fogão, diante do arroz, da couve refogada e do feijão preto com paio e carne seca que preparava para o almoço, não houve outro jeito senão interná-la na ala de oncologia do Souza Aguiar, para onde — agora finalmente lembrou — ele estava indo naquela tarde em que descobriu pelas meninas espevitadas que brincavam com a bola de meia na rua enlameada que estava envelhecendo. Naquela tarde, após descer do lotação e caminhar pela

Presidente Vargas até o Souza Aguiar, encontrou a mãe convalescendo num leito frio e asséptico, em meio a dezenas de outras mulheres, muitas brancas, outras mulatas como ela, que, a seu lado, morriam em condições iguais. Lembrava bem agora, olhando pela janela do apartamento o infrene movimento dos pedestres da Nossa Senhora de Copacabana, da ala gigantesca, do pé direito muito alto, da solenidade e do silêncio sepulcral apenas interrompido por cochichos trocados entre pacientes e visitantes. Lembrava do mau cheiro disfarçado pelo éter, pelo mercurocromo, pela morfina e por outras drogas que serviam para limpar, cicatrizar ou aliviar a dor de várias e tão diversas feridas.

Ao seu olhar — como se pudesse contar cada segundo e sentir cada instante do tempo que passava —, sua mãe morria, definhava, e não havia nada o que ele pudesse fazer. Não havia meio de consolá-la. Como se atuassem em papéis trocados, ela, pelo contrário, era quem o consolava. Era ela quem, enfim, enxugava sua testa suarenta, que a beijava com ternura, que tomava suas mãos graúdas de menino avantajado e também as beijava, notando, em silêncio, ao seu tato, os calos e as marcas que os trabalhos na oficina lhes imprimiam. Foi por seu filho, e não por ela, que derramou algumas lágrimas, enquanto, compassiva, olhava-o com seus olhos marejados, sofrimento estampado no rosto, não por deixar de viver, mas por deixá-lo só nessa vida contida dentre muitas outras, sob o governo tirânico, sádico, torpe e despótico do seu pai.

Poucos dias depois daquela visita acontecida na mesma tarde em que, pela primeira vez, descobriu que estava envelhecendo, foram avisar na oficina que sua mãe estava agonizando. Ele e seu pai correram para o Souza Aguiar a pé, e pareciam andar mais depressa que os bondes e os lotações que cruzavam pelo caminho. Quando entraram na ala de oncologia, uma enfermeira — mulata como sua mãe, que sempre o olhava de longe, admirando sua esbelteza, sua morenice e seus olhos verdes-azulados —, fez um sinal para que parassem. "Sua mãe não está mais aqui, meu querido", disse a enfermeira mulata, com seu rosto triste e cansado e, ao mesmo tempo, agradável, confiante, sincero. E, sem se dirigir a seu pai, mas apenas a ele, acrescentou: "Vá diretamente ao necrotério. Fica na saída, do lado esquerdo". Enquanto caminhava, ele derramou algumas lágrimas e, de esguelha, olhou para o pai, cujas lágrimas, para sua surpresa, também rolavam pela cara branca e deslambida. (Por um momento, ele perguntou a si mesmo porque o pai, como todas as outras pessoas, também chorava. Ao longo da sua vida, ou das suas várias vidas contidas numa vida só, ele jamais encontrou uma resposta.).

Quando entraram no necrotério sua mãe estava na companhia de mais quatro cadáveres. Duas famílias pranteavam dois deles, ao passo que os outros dois estavam sós. Sua mãe era o segundo cadáver da direita para a esquerda, e sobre ele havia um lençol branco com a sigla S. A. bordada em letras vermelhas — da qual, em sua velhice solitária de Copacabana, por alguma razão, ele lembrava muito bem. Sua mãe estava com os olhos fechados, e tinha um leve riso no canto da boca. Ele pensou por alguns instantes que ela morrera feliz, apesar de todas as desgraças que cercaram sua vida triste e miserável. Mas, ao sair do necrotério para ir à casa dos parentes do Cachambi, avisá-los da morte e do funeral, notou que todos os cadáveres tinham o mesmo riso esquivo e contemplativo no canto da boca, o que o fez pensar que aquela recorrência, a repetição daquele riso ingênuo e aliviado, proviesse não de uma morte feliz, mas da sensação de terem deixado pra trás, e em definitivo, um mundo de sofrimentos indescritíveis: um mundo melancólico e desumano do qual, finalmente, não faziam mais parte.

No dia seguinte, ao final da tarde, fizeram-lhe um funeral modesto no Caju. Suas tias, agora senhorinhas, todas casadas e com filhos, lá estavam, pranteando a irmã: envergavam vestidos pretos, bolsas pretas, sapatos pretos. Duas delas usavam chapéus, também pretos. Em seu conjunto, pareciam bonitas e elegantes ao seu modo — em suas roupas baratas, feitas por costureiras do subúrbio —, e em sua tristeza infinita. Seu tio, agora dono da padaria, de um açougue e de vários imóveis no Cachambi, solteiro, gordo e rico, também estava lá. Branco como seu pai, mas corado, usava um smoking preto que, mal ajustado à situação, parecia mais um sinal de riqueza que de luto. Todos foram carinhosos com ele, o órfão belíssimo e desolado: o abraçaram, o beijaram, e lamentaram a perda da sua mãe, a perda do seu vínculo mais profundo e simbiótico, da sua conexão com toda e qualquer ancestralidade. Todos sabiam que ele era apenas filho da sua mãe, e não um "filho da mãe", como dizia o pai pervertido, como se, aliás, não fosse seu pai. Perder a mãe — todos o sabiam — significava muito pra ele. Uma das suas vidas estava sendo enterrada junto com sua mãe naquela tarde de neblina, de vento frio, de céu cinzento de julho.

O mundo, enfim, voltou ao normal quando o luto foi superado pela necessidade, quando seu pai se recompôs, e quando suas putas tristes e amargas reapareceram à porta da oficina para consolar sua existência depravada e infeliz. Por estes mesmos dias, ele, finalmente, cada vez mais arredio ao controle paterno, parou de chorar pelos cantos e mostrou-se mais conformado. No entanto, sentia em seu íntimo, alguma coisa havia mudado, embora ele não soubesse o quê, nem como, nem porquê. Embora ainda fosse um menino crescido aos trancos e barrancos, ele, agora, se sentia mais forte, mais resoluto, e parecia que sua meninice havia ficado definitivamente para trás. Sem o saber, ele ingressava numa nova vida dentre as tantas vidas que teria dali pela frente. Fizera quinze anos em setembro, mas aparentava ser bem mais velho. Por essa época ele teve certeza e consciência da sua força e da sua coragem quando seu pai lhe pediu, com as mesmas brutalidades e asperezas de sempre, que recheasse e cozesse o fundo de uma poltrona. Quando colocava as tachas na madeira, seu pai percebeu que duas delas estavam fora do prumo: estavam poucos milímetros distantes do eixo, mas, a um olhar, o velho depravado percebeu o erro. De onde estava, em pé, ao seu lado, levantou a mão espalmada para lhe desferir um golpe, mas ele, rápido e preciso, agarrou-lhe o punho impedindo-o. "Não se atreva. Nunca mais ouse me bater", lhe disse, calmo, sem nenhuma excitação ou nervosismo, como se aquele não fosse um quadro de violência, mas uma negociação entre iguais. Acovardado, acuado, seu pai não lhe disse nada. Apenas se afastou para o fundo da oficina, onde podia fustigar Paraíba ao seu bel-prazer sem ser molestado.

Sexto

Desde sempre, ele viveu só. Não apenas porque era filho único, mas também porque sua mãe o criou como um menino especial, excepcional, diferente de todos os outros, mimando-o e isolando-o de tudo e de todos, afastando-o, enfim, do mundo. Ele cresceu, pois, em uma ilha, numa bolha, com sua mãe, sempre que possível, brincando com ele no chão batido do barraco do morro da Formiga, e depois sobre o ladrilho do quarto, na casa opressiva, sufocante e cercada de árvores do Meyer. Sem sua mãe por perto, brincava só, sem amigos, vizinhos, sem colegas da escola que nunca frequentou. Jogava bola sozinho, no quintal, chutando-a contra muros e árvores. Como o locutor de uma rádio imaginária, gritava "gol", "*corner*", "*offside*", imaginando como deveria ser o futebol. Ele fazia de tudo na cancha: era goleiro, *back*, *midfield*, *forward* — jogava em todas as posições. Era ele, sozinho, que impedia os gols dos adversários, que os enfiava nas redes imaginárias que via em seu quintal apertado, minúsculo, angustiante. Os muros e os troncos das árvores eram seus parceiros e, ao mesmo tempo, seus adversários: era a eles que ele driblava habilmente, assim como eram eles que rebatiam seus chutes, que devolviam seus passes, que impediam seus gols, que o deixavam desgostoso e descontente com as jogadas malsucedidas.

Às vezes ia ao portão, subia pela grade, agarrava-se à parte mais alta, e via os meninos da rua jogando bola. Jogavam exatamente como ele, mas, à sua diferença, uns contra os outros, e não contra árvores e muros. Os meninos da rua se dividiam em times, brigavam na repartição dos mais hábeis, dos bons de bola, dos mais fortes, e xingavam e humilhavam os mais fracos, os pernas-de-pau, os brucutus. Ele queria estar ali, pelejar com eles, mostrar as habilidades que imaginava ter, e se divertir na rua enlameada e movediça, fazendo gols antológicos em suas balizas demarcadas com tijolos e pedras. Mas sua mãe o demovia da ideia: "Você é especial meu filho", lhe dizia, "não pode ir jogar bola com esses moleques da rua, esses meninos feios, mal-educados. Com eles você só vai aprender o que não presta. Eles têm a boca suja, e você não, você é educado, é um menino lindo, bom, bem-criado. Não vá, fique em casa com sua mãe". E ele ficava. Seus movimentos, então, se resumiam a mexer e remexer os olhos verdes-azulados e tristes, que acompanhavam aqueles meninos danados — uns mulatos como ele, outros brancos, outros, ainda, de cor indefinida, uma vez que era impossível identificá-la sob o manto sagrado da lama — em suas correrias atrás da bola, para cima e para baixo, se batendo e se engalfinhando entre eles a cada lance, a cada jogada de perigo.

Sua mãe lhe ensinou a ler e escrever, bem como a contar. Quando ela lhe deu uma tabuada comprada numa lojinha que ficava ao pé do morro do Salgueiro, ele decorou os resultados das quatro operações em apenas uma semana. Ao contrário do vaticínio do pai, aprendeu rápido a ler e a escrever e a fazer as quatro operações. Jamais esqueceu quanto eram sete vezes sete, e desenvolveu uma caligrafia caprichada, perfeita, que, a cada frase, era compensada com um beijo e um abraço carinhoso da mãe devotada, unicamente dedicada ao "filho mais lindo que pode existir nesse mundo", como ela repetia infinitas vezes. Ele, por sua vez, exultava a cada lição aprendida, a cada frase escrita, a cada adição, subtração, divisão ou multiplicação coroada de êxito, pois, ao seu término, sempre recebia um beijo, um abraço, um afago, depois dos quais, moto-contínuo, tornava a escrever nova frase, a recitar nova tabuada, e a ganhar novos carinhos.

No entanto, seu pendor mais evidente foi o desenho e a pintura. Quando a mãe lhe comprou uma caixa de lápis de cera e dois cadernos de desenho, em poucas horas ele rabiscou, desenhou e pintou cada uma das suas folhas. Em poucos minutos, e em todas as folhas dos cadernos, havia cenas de partidas de futebol em gramados e em ruas enlameadas, desenhos de praias, de jardins, de escolas repletas de crianças, de palacetes e de campos a céu aberto. Novos cadernos eram comprados por sua mãe a cada semana. Um dia, quando os cadernos acabaram e sobraram alguns tocos de lápis de cera, ele continuou desenhando e pintando, infrene, pelas paredes e pelo chão do quarto. Era uma cena enorme onde seus temas favoritos — crianças jogando bola, sol, céu azul, o mar — fundiam-se num grafismo ao mesmo tempo infantil, denso e lírico. O desenho tinha duas dimensões, dois relevos: o do chão de ladrilhos e o da parede branca do quarto.

Quando viu sua obra, a mãe se encantou, ficou extasiada. Depois, voltou à dura consciência e retornou com balde e esfregão — para desespero do garoto, então com sete anos, que tentava impedir que seu desenho fosse apagado. Mas não adiantou: nem o filho conseguiu manter sua obra prima em duas dimensões, nem sua mãe evitou que o pai notasse as sombras e os contornos remotos daqueles grafismos e daqueles rabiscos na parede recém-pintada, e imprimisse no filho uma surra daquelas — que, em nome da sua arte, da sua representação das coisas e do mundo, ele aguentou calado, sem chorar, sem derramar uma lágrima sequer.

Ele começou pintando seus quadros sobre madeiras que sobravam na oficina. Depois, passou a pintar sobre folhas de Eucatex, que comprava com seu próprio dinheiro, ganho na oficina. O pai desdenhava: "Pra que serve isso? Não serve pra nada". Ele não se incomodava, não se abalava. Seguia pintando. Pintava no quintal, de frente para o muro, indiferente aos rumores que emanavam dos quintais vizinhos. Pintava nas horas vagas: nos sábados à tarde, nos domingos, em todas as horas em que não estava trabalhando para o pai-patrão. Comprava tintas, aquarelas, massas, pincéis de vários tipos e tamanhos, e aprendia o que fazer e como resolver os problemas das suas telas simplesmente tentando resolvê-los.

Depois que sua mãe morreu, ele passou a se dedicar ainda mais às suas telas. Foi o que lhe restou em sua amargura, em sua solidão infinita. Um dia, uma terça feira, sem nenhuma razão aparente, decretou que não iria à oficina. "E posso saber por quê?" — indagou o pai, neurastênico, olhos voltados em qualquer direção, menos a dele. "Vou passar o dia pintando". Ao ouvi-lo, o pai enfim o olhou face a face e rangeu os dentes. "E como você pretende pagar por seus pincéis e por suas tintas, e por essa porcaria que você pinta, sem trabalhar?". "Isso é da minha conta", disse, indiferente, olhos absortos na folha de Eucatex. (O gesto diante do seu pai era exatamente o mesmo do avô, o preto marceneiro do Cachambi, executado muitos anos antes.).

38

Pintava, agora, aos dezesseis, dezessete anos, o mesmo tema de sempre, o tema que atravessaria todas as suas vidas contidas numa vida só: a Lapa, suas ruas, suas árvores, e principalmente suas putas. Curiosamente, não as tomava como modelos: preferia observá-las à distância. Naquela idade, ainda tinha medo das putas: medo das doenças que podiam transmitir apenas se encostassem nele — como lhe alertou tantas vezes sua falecida mãe —, medo das suas carnes usadas, abusadas e amolengadas pelas mãos dos clientes, medo do seu perfume barato, medo que pressentia à sua aproximação curiosa e indolente. No entanto, eram exatamente elas, as putas, que se tornaram seu objeto de veneração sublimatória, seus ícones, seu motivo, seu tema favorito. Pintava-as em frente às escadas, à espera dos clientes; pintava-as sob as árvores que escureciam as ruas da Lapa, ao mesmo tempo que as deixavam mais frescas; pintava-as paradas nos pontos do lotação, nas esquinas da Riachuelo, ou caminhando, subindo as ladeiras que iam para os lados pobres e desventurados de Santa Tereza. Retratava seus gestos debochados, seus modos relaxados, suas mãos na cintura, suas maneiras às vezes lúdicas e infantis de rodarem bolsas, chaves e outros pertences que traziam às mãos enquanto seduziam clientes.

Um dia, uma quinta feira, dia sem nada pra fazer, a oficina quase parada, nenhum conserto, nenhuma encomenda, nada, uma delas, uma branquinha, jovenzinha, magra como um varapau, cambitos finos sob o vestido curto de chita, olhou pra dentro da oficina — como muitas faziam, na esperança de vê-lo — e viu a si mesma retratada numa tela. Não acreditou no que viu. Como poderia estar ali, pintada num quadro, quando não havia posado nem nada? Entrou pela oficina adentro sem pedir licença: olhar desafiador, mãos na cintura, sabendo de antemão que era ele, e mais ninguém, o autor do retrato. (Toda a Lapa sabia que o filho do estofador estava metido com pinturas, porque, quando sentava nas horas vagas diante do cavalete, à porta da oficina, ele não escondia isso de ninguém.). "O que é que eu estou fazendo no seu quadro?", indagou a jovem putinha, mãos nas cadeiras, fala arrastada e lenta de quem chegara há pouco tempo do sertão baiano, riso de satisfação indisfarçável no canto da boca. (Na boca, aliás, faltavam-

-lhe dois dentes, justamente os incisivos.). Ele a olhou a princípio com certo desdém, mas depois foi tomado por uma admiração por sua tela estar falando e andando como se fosse viva. "Olhei você outro dia ali, do outro lado da rua, na frente da casa onde você mora. Gostei do seu rosto, da sua pose, e resolvi te pintar", ele lhe disse, sereno. "Gostei da tela. Bonita", ela disse, com certa graça, olhando pra ele e pra tela alternadamente. Na verdade, olhava não para tela, mas para si mesma, contemplando-se, como se estivesse diante do espelho.

Ele esperou uma reação da menina baiana, e ela, direta, arretada, não perdeu tempo. "Queria que essa pintura fosse minha. Não tenho dinheiro pra comprar, mas tenho outra coisa pra te dar", disse, afetada, sem pejos, enquanto ele corava, e sentia o coração, aos saltos, subir pela garganta, quase aflorando à boca. Seu corpo inteiro tremeu diante da ideia de ver aquela menina nua, de foder com ela, e foi nessa hora que a memória da mãe, das suas ameaças e temores — da culpa, do pecado, da provação —, desapareceram para sempre. Naquela noite, logo depois das sete, ele tomou um banho gelado, se perfumou e saiu de casa, no Meyer, em direção à Lapa. Era a primeira vez que fazia aquele percurso à noite. O acordo foi proposto por ela: primeiro teria que se livrar de todos os clientes; depois, foderia com ele de graça, ou melhor, em troco do quadro. Ele aceitou o acordo.

Ele bateu à porta do puteiro e um homem magro, ossudo, de roupa branca e barba por fazer, lhe abriu a porta. "O que você quer?", perguntou, num tom insosso, nem ríspido, nem agradável. Quando a luz lhe clareou o rosto, e o homem se deu conta da beleza do jovem rapaz que batia à porta, tornou-se mais maleável. "Venha, venha, querido, me diga o que você quer", lhe disse, com um sorriso, enquanto escancarava a porta. "Vim ver a menina baiana", disse ele, tímido, voz trêmula, mas com certa altivez. O homem o deixou entrar, e seguiu à sua frente até a porta do quarto. Pelo seu andar, pensou, parecia um maricas. O maricas caminhou rebolando até a porta do quarto da menina baiana, e bateu. Ela gritou lá de dentro: "Quem é?". "Abre essa porta, putinha de uma figa!" — foi a resposta altissonante do lado de fora. Ouviu-se um arrastar de sandálias, e a jovem putinha abriu a porta de penhoar: parecia ainda mais

magra em roupas íntimas. Um gesto em seu rosto, num canto de boca —
que mais parecia um tique nervoso — fez lembrar um riso maroto.

Diante da porta aberta, era possível ver na parede seu próprio
quadro: ficou radiante e orgulhoso. Nunca tinha feito qualquer negócio com seus quadros que, julgava, não tinham nenhum valor:
não eram nada, além de uma diversão, um passatempo, um jeito de
esquecer a tristeza e a amargura daquela vida contida dentre muitas
outras. Ela fechou a porta atrás de si, e empurrou-o para sua alco-
va. Era um quarto de tamanho reduzidíssimo, dividido por guarda-
-roupas que faziam às vezes de biombos. Era possível escutar tudo
o que se passava à volta, desde os falatórios e cantigas que vinham
da Riachuelo, até os suspiros e gemidos fingidos das outras putas,
provindos dos cubículos contíguos. Na verdade, não havia bem um
quarto: da casa colonial surgira um puteiro com um número indefinido de pequenos cômodos, onde cada puta, além de receber seus
convivas, se aninhava e acumulava suas tralhas, bugigangas, suas
roupas xexelentas, bijuterias mixurucas, seus perfumes intragáveis.

No quarto da menina baiana havia de tudo: imagens de santas
e santos, patuás, fitas do Senhor do Bomfim e dois vasos — um com
uma comigo-ninguém-pode, e outro com uma espada de São Jorge.
Sobre a penteadeira, havia um livro: *Vidas dos santos*, do Padre Rohr-
bacher. Ele pensou o que um livro como aquele poderia estar fazendo
ali, naquele ambiente pecaminoso e poluído. Como era possível foder
bem diante da vida não apenas de um, mas de muitos santos reunidos?

Quando a menina baiana tirou o penhoar, ele percebeu que seu
corpo não era tão franzino como se imaginava à primeira vista. Ao
contrário: ela tinha carnes, suas coxas e suas bunda eram suculentas,
macias, levemente avantajadas. Só o seu tornozelo era fininho, o que
conspirava a favor da beleza e da harmonia do seu corpo. Ele é que
não parecia ter jeito para o sexo: era tímido, distante, não sabia muito
bem onde meter a mão, nem por onde e nem como acariciá-la. Sua virgindade, recato, sua pouca idade, a criação, não o ajudavam. A menina
baiana, porém, não se fez de rogada. Depois de despir-se, despiu-lhe
tão meticulosamente como fizera a si mesma, e notou que não precisa-

41

ria animá-lo para ser penetrada. Seu falo, enorme, vigoroso, gotejante, apareceu retesado à sua frente, sem que necessitasse de carícias ou do toque das suas mãos. À medida que se atirou à cama e abriu suas pernas para que ele a penetrasse, a menina baiana se deparou com algo inédito para ela — afinal, não apenas ele era virgem, uma tábula-rasa na vida sexual, mas ela mesma, apesar de experiente, era uma neófita: puta novata, de pouca idade, uma caloura nas artes da sedução remunerada —: ele a penetrou com seu membro enrijecido, com seu pau duríssimo e enorme, mas desfaleceu em poucos minutos, como se recuasse, marcasse compasso, e se arrependesse do que estava fazendo.

Ela sentiu aquele retrocesso, aquele recuo dentro de si mesma e, pacientemente, o fez sair de cima e deitar-se ao seu lado. Quando mirou de lado e pensou em reconfortá-lo, animá-lo a uma nova tentativa, notou que ele sorria. "Do que esse idiota está rindo?", ela pensou, irritadiça, nervosa. Eles se deixaram ficar ali por alguns minutos, deitados, num repouso e num silêncio quase absolutos, apenas interrompidos pelos gemidos que vinham dos cubículos vizinhos e pelos uivos boêmios emanados da rua. Quando ele parou de sorrir, tanto ele como ela notaram que seu membro voltara a enrijecer. Ela se animou com aquilo e, dessa vez, cobriu-o, sentando-se sobre ele.

Poucos segundos depois, todavia, seu membro estava, mais uma vez, abatido, acuado, indisposto a dar continuidade àquela atividade lúbrica. Desfalecera outra vez e, dessa vez, sem remissão. A reação dele foi bem mais estranha que da primeira vez: ele não apenas riu discretamente, de canto de boca, como fizera antes, mas gargalhou como há tempos não fazia. Enquanto gargalhava nervosamente, lágrimas vindo-lhes aos olhos, ele se levantou e vestiu suas roupas. A menina baiana, sertaneja, arretada, apenas ficou ali, deitada: irritada, incomodada com a situação, olhando-o fixamente, fuzilando-o com os olhos. Depois que pôs sua roupa e penteou seus cabelos crespos com o pente que sempre trazia no bolso da calça, ele se dirigiu à porta e foi embora sem lhe dizer absolutamente nada. Apenas partiu, e para nunca mais voltar.

Sétimo

Numa quarta feira à tarde, quando voltou para a oficina após a entrega de um sofá, ele se deparou com um jovem alto, louro, bronzeado, que olhava insistentemente para um dos seus quadros afixados na parede. (Desde que a menina baiana tinha permutado um dos seus quadros por uma noite de prazer não consumada, ele dera para expô-los na parede que ficava em frente às portas da oficina do pai.). "Deseja alguma coisa?", ele indagou ao jovem louro, alto, bronzeado, que lhe redarguiu, altivo e curioso: "Quem pintou esses quadros?". Ele, não menos altivo, embevecido com sua própria verve, respondeu apenas "Fui eu".

(Eram seis quadros, todos sobre o mesmo tema: a Lapa, suas árvores, suas ruas e, principalmente, suas prostitutas. Os quadros estavam soberbos: cores firmes e bem controladas que explodiam ao olhar. Os movimentos, sentimentos e as expressões das prostitutas que vagavam pela Lapa, que subiam e desciam as íngremes escadas das pensões e dos puteiros, estavam ali representados com força, pessoalidade: um ímpeto peculiar e irresistível. Com apenas dezenove anos de idade, ele também soube dar às telas uma apresentação impecável: aprendera com um artesão, na Lapa — cuja loja era vizinha à oficina do seu pai —, a emoldurá-las e, desde que começou a comprar madeiras para aquele fim, criara as mais sólidas e variadas formas de molduras, das mais diversas cores e texturas. Ao contrário do que propunham os pintores que estavam começando a surgir no Rio de Janeiro por aqueles anos — os quais ele teria que enfrentar tempos depois, em uma das tantas vidas que teria pela frente —, ele pensava que a moldura era não apenas um suporte, mas um portal indispensável através do qual tornava-se possível chegar à imagem representada. Ele apenas intuía, enfim, que a moldura era parte inextrincável do próprio quadro: um componente decisivo da representação que se fazia através dele. Para ele — e para o desespero de seus competidores, todos decididamente abstratos, radicalmente contrários à sua estética figurativa, e sobretudo todos opositores ferrenhos à sua teoria estritamente prática, puramente empírica e simplória, que consideravam falta de teoria —, a moldura parecia vir antes mesmo do próprio quadro.

Em muitos casos, só depois de achar uma madeira adequada, passível de sofrer um tratamento que lhe conferisse estilo, elegância e brilho, era que ele pensava em que representação podia ser enfiada ali dentro: a tela, o tema, o quadro propriamente dito, vindo, portanto, à reboque do suporte, do caixilho, que os pintores abstratos, com os quais se confrontaria anos depois, consideravam uma limitação desnecessária, um constrangimento à livre vazão das expressões e dos sentimentos artísticos. A pintura, para ele, era, antes, algo muito simples, quase banal. Sua pintura, como lhe disseram anos depois, e como leu no catálogo da sua exposição em Estocolmo, na Suécia, era "primitiva", "*naïf*", "descomprometida com a consciência artística e acadêmica", "autêntica", entre outras adjetivações e atributos que ele jamais compreendeu perfeitamente ao longo da carreira e das suas muitas vidas contidas numa vida só.).

Após uma demorada e pacienciosa apreciação — cujo sentido ele não compreendeu muito bem —, o jovem alto, louro, bronzeado, apontou para um dos quadros — um dos maiores, um "sessenta por oitenta", como ele costumava dizer a si mesmo, como soía medir banquetas e sofás —, e perguntou, de chofre: "Quanto é?". Ele não soube o que responder: nunca tinha pensado naquilo. Sabia que quadros tinham preço, como quase tudo, mas isso valia para os quadros dos outros, de estranhos, dos pintores que tinham ateliês em Botafogo, Laranjeiras, em Santa Tereza — ateliês que ele viu pela primeira vez enquanto entregava poltronas e sofás. Mas ele não sabia responder quanto valia seu próprio quadro.

À falta de uma resposta, ele, intuitivamente, tergiversou: "Quem quer saber?". O jovem alto, louro, bronzeado não se fez de regado, e se apresentou: disse seu nome, que tinha dinheiro, e que intencionava colocar aquele quadro na parede de um apartamento que sua família tinha comprado em Ipanema — um bairro, então, novo, que se abria em ruas e alamedas, e sobre o qual, como em Copacabana anos antes, se abatera uma onda, um frêmito de construções de prédios e arranha-céus de oito, nove e até dez andares. "Vamos até lá?", sugeriu o jovem alto, louro, bronzeado, com um sorriso mole. "Até lá você pensa num preço". Ele assentiu, mas disse que não iria de imediato. "Quando então? Não quero perder esse quadro por nada nesse mundo", lhe disse o comprador, convicto do valor do quadro. "Podemos marcar amanhã à tarde?", ele indagou, com cara de preocupado. "Sim, claro", disse o jovem alto, louro bronzeado e, agora ele sabia, morador da Zona Sul. "Amanhã às quatro, pode ser?". "Sim, claro, às quatro te pego aqui na porta. Vamos no meu carro".

Resolvendo as coisas desse modo, ele matou dois coelhos com uma só paulada: por um lado, podia ajudar o pai, como tinha prometido, no conserto de um sofá de couro que se revelara complicado, e, por outro lado, arranjava tempo para pensar em quanto valia seu quadro. Sua solução significava, acima de tudo, que ele ainda temia o pai e seus acintes. Não queria perturbá-lo. Não receava mais surras, mas sua indisposição constante, sua ranzinzice, seu abatimento recorrente: também se preocupava por sua saúde precária, pois o pai definhava a olhos vistos. (Por essa época, seu pai dependia dele cada vez mais, e para tudo: fazer compras, cozinhar, arrumar a casa, lavar os pratos, cuidar da roupa e até para conduzi-lo ao quarto nas noites em que, completamente desorientado, bebia até cair no terraço, sozinho, sem suas putas, sem amigos, sem parentes, como um cão sem dono e sem destino.).

No dia seguinte à tarde ele já tinha um preço na cabeça. Quinhentos mil réis. Não era caro, nem barato, pensou: um preço justo, razoável. Quando o jovem alto, louro, bronzeado, parou seu Simca Rallye em frente à oficina, ele já estava pronto: de banho tomado, cabelos penteados ao seu estilo, calça de tergal e camisa azul, leve, de mangas curtas, que combinava com a cor dos seus olhos. "Vamos?", gritou o jovem alto, louro, bronzeado, de dentro do Simca Rallye. Ele apenas saiu da oficina, sob os olhares indiferentes e silenciosos do pai e do Paraíba, e entrou no veículo. Nas mãos levava seu quadro, empacotado num papelão grosso amarrado com barbante número 5. Quando atravessaram os arcos, o jovem alto, louro, bronzeado, perguntou: "E daí, agora você sabe quanto vai custar o quadro?". Súbito, ele apalavrou: "Quinhentos mil réis". O jovem alto, louro, bronzeado, apenas assentiu com um meneio de cabeça como se fosse indiferente que um quadro custasse cem, quinhentos mil ou um conto de réis. Ele, por outro lado, também não pensou naquilo, como se tivesse feito aquela transação outras tantas vezes naquela vida, como faria nas próximas vidas que teria dali para frente. Na verdade, lhe parecia absolutamente surpreendente que um quadro pintado por ele, aquele retrato de uma prostituta qualquer, valesse tanto dinheiro: dinheiro que lhe era dado assim, como se fosse sacado do nada, ou do mesmo nada — ele pensava — de onde fora sacado o seu próprio quadro.

Quando adentrou no apartamento do jovem alto, louro, bronzeado, ficou abismado. Nenhum apartamento de Copacabana ou do Leme, nenhum dos apartamentos em que entrara tantas vezes junto com seu pai para entregar sofás, poltronas, marquesa, banquetas e namoradeiras era tão esplêndido, tão aparatoso, tão amplo e tão ostentoso como aquele. A sala, imensa, clara, luminosa, janelões que davam diretamente para o mar, tinha vários ambientes, uns completamente diferentes dos outros. Havia poltronas e sofás de couro, de chenille e de um tecido aveludado que ele não conseguiu discernir, bem como mesas de centro, mesas de canto e cadeiras de madeira de lei. Em cada canto da sala havia plantas ornamentais com um verde tão vivo que até pareciam de plástico. Havia também esculturas em bronze, em terracota, e quadros, muitos quadros pelas paredes. Pensava onde seu quadro iria ser pendurado. Não havia, lhe parecia, nenhum canto ou pedaço de parede disponível para mais um quadro do tamanho do seu. Ao mesmo tempo, havia espadas, adagas e punhais pelas paredes, além de uma armadura inteira, completa, que jazia ao lado de um piano de cauda e de um instrumento que, anos mais tarde, ele descobriu que se chamava violoncelo.

Duas mulheres estavam sentadas num dos ambientes da sala, conversando. "Olá, mamãe, olá, titia", disse o jovem alto, louro, bronzeado, às mulheres, que lhe responderam com um aceno. "Este é, como é mesmo o teu nome?". Ele disse seu nome, e as mulheres, principalmente a tia, viraram-se para observá-lo. Depois, a tia, que parecia bem mais jovem que sua mãe, voltou-se em direção a ele absorta por sua figura esguia, morena, longilínea, elegante, por seus olhos verdes-azulados, mais claros, aliás, que os dela. "Como é mesmo o seu nome?", ela perguntou, lânguida como as meninas de Copacabana que ele conhecera em vida anterior àquela. (A partir daquele momento, ele, sem o saber, adentrava em uma outra vida, totalmente diferente das suas vidas precedentes.). Ele repetiu seu nome, tímido, enquanto ela se aproximou para vê-lo mais de perto, e para sorvê-lo melhor com os olhos. Ao mesmo tempo, o jovem alto, louro, bronzeado, desembrulhava o quadro, e mostrava-o: "Olhem que beleza! É dele!". Elas olharam com alguma atenção para o quadro, e até balbuciaram algumas impressões em torno dele, mas, particularmente, o quadro preferido da tia naquele momento era ele mesmo: o quadro vivo que ela, despudoradamente, diante de todos, despia com os olhos.

O jovem alto, louro, bronzeado, levou-o até seu quarto, que também era enorme e, ali, através do telefone, ditou ordens a alguém. Daí a pouco uma moça mulata como ele — alta, empertigada, bem-vestida, portando um avental impecável, e que jamais sorriu ou olhou diretamente para ele ou para o jovem alto, louro, bronzeado —, adentrou no quarto com uma bandeja. Sobre ela havia copos com uísque, amendoins torrados e um balde com gelo. Eles se serviram e ficaram ali, papeando descontraidamente sobre mulheres. Ele disfarçava bem seu acanhamento e sua inexperiência em torno do assunto, pois, até então, vítima da própria timidez e das culpas inculcadas, jamais tinha ido além da sua incursão no cubículo da menina baiana. Contudo, ele não falou absolutamente nada sobre aquela noite não consumada: apenas se referiu a coisas que fantasiava, imaginava, das mulheres que via na rua, no lotação. Fantasias, enfim. Em relação às mulheres, ele continuava tão casto como sempre fora, tão virgem como viera ao mundo. Mas não parecia. Apolíneo, alto, mulato, de olhos verdes-azulados, longilíneo, aparentando ser mais velho do que de fato era, e falando tão bem em relação ao que apenas imaginava, sonhava e pensava — como soía a todos aqueles que vivem confinados em solidão desde a mais tenra idade —, ele enganava muito bem.

"O que você acha de colocá-lo aqui?", perguntou o jovem alto, louro, bronzeado, enquanto segurava o quadro contra uma das paredes do seu quarto. Ele, que cedo aprendeu a não contrariar ninguém, respondeu, ornando sua resposta com mesuras de quem começava a ficar bêbado: "Está ótimo aí", disse, fazendo um ok com os dedos — um gesto que começava a entrar em moda no Rio de Janeiro. No fundo, estava descontente: não imaginava que seu quadro ficaria ali, periférico, na parede de um quarto, apenas à vista do jovem alto, louro, bronzeado. Mas apenas tinha boas palavras para todos, e a todos parecia agradar com suas frases que apenas reiteravam o ponto de vista alheio. Seus interlocutores exultavam diante de sua concordância irrestrita em torno de todos os assuntos, acerca de todas as consultas, para as quais, claro, já tinham respostas de antemão, soluções prontas na cabeça, que ele apenas confirmava. Assim, ele sempre se mostrou diplomata, cordato, afável, atributos que, somados à sua beleza natural, ao seu corpo esguio, apolíneo, aos seus olhos verdes-azulados — um ser exótico incrustado em sua morenice —, tornava-o irresistível, imbatível, altamente desejável.

Perto das oito da noite, ele resolveu ir embora. O jovem alto, louro, bronzeado, que riu bastante da sua conversa — tão prazenteira e ingênua, pensava, quanto sua pintura —, se dispôs a levá-lo até a Cinelândia, pois a distância dali até o Meyer era incomensurável. Ele aceitou a viagem de borla, e de boa-vontade. Ao se despedir da mãe e da tia — que continuavam sentadas nos mesmos lugares que antes —, a tia, particularmente, veio em sua direção para, à guisa de despedida, lhe dar três beijinhos no rosto — moda que também estava se difundindo entre todas as classes da sociedade carioca. Sem papas na língua, ela, de chofre, lhe indagou: "Vem a praia amanhã?". Momentaneamente, e tonto com tudo que viu, ouviu e bebeu, ele não entendeu a pergunta, mas assentiu mesmo assim, como fazia diante de tudo e de todos — o que deixou a tia do jovem alto, louro, bronzeado, radiante. "Então nos vemos no posto 9", ela disse, como se ele conhecesse o posto 9 e a praia de Ipanema tal como ela mesma conhecia.

Oitavo

No dia seguinte, quando estava saindo de casa para ir à oficina, seu pai indagou o que ele estava fazendo no quintal, sentado diante de uma tela inconclusa. "Pintando", respondeu, abusado. "Sei que você está pintando, seu merda. Estou falando do trabalho. Essa porcaria de pintura não enche a barriga de ninguém" — disse o pai, mão na cintura, exigindo que ele se mexesse. "Engano seu! Ontem ganhei uma bolada vendendo um quadro pra uns bacanas lá da praia". O pai o olhou sobressaltado, lembrando do encontro com o jovem alto, louro, bronzeado, no dia anterior. "Não vou mais pra oficina", sentenciou. "Ai, ai, ai, não me venha com essa, garoto de uma figa! Não sei como será! Preciso de você na oficina! Aquele Paraíba não sabe trabalhar direito, não presta pra nada". "Mas você vai ter que se virar com ele", ele respondeu, se voltando para a tela inconclusa e dando as costas pro pai. O pai ainda insistiu: "Então você não vai mesmo?". "Não. Nem hoje, nem nunca mais", respondeu sem se virar, sem olhar, ainda de costas pro velho tirano.

A partir daquele momento, além de desafiá-lo, ele também iniciava, de revés, uma espécie de controle sobre o pai — que, àquela altura, dependia dele pra tudo. Foi assim que, entre outras coisas, ele começou a mentir descaradamente dentro de casa, sem alimentar qualquer sentimento de culpa ou remorso por isso. Naquele dia, por exemplo, não ia passar o dia pintando, como tinha dito: ia à praia, vagabundear, ia ao tal posto 9, encontrar a tia do jovem alto, louro, bronzeado. Um frisson tomava seu corpo inteiro: seu coração estava aos pulos e ele não cabia em si de tanta ansiedade por causa daquele encontro. Não sabia porquê — e nem tinha condições de sabê-lo — a ansiedade daquele encontro lhe carcomia por dentro.

Saiu de casa cedo, logo depois que seu pai sumiu na esquina. Na verdade, era cedo demais para ir ao posto 9, mas ele não sabia. (Quando, uma ou duas vezes ao ano, ele, seu pai e sua mãe — por insistência dela —, iam à praia, iam sempre às praias imundas e mal frequentadas da baía da Guanabara: ele jamais tinha pisado nas areias cálidas e sentido as águas gélidas do mar aberto que se espraiava depois do morro da Babilônia. Naquelas raras ocasiões em que iam à praia, levavam marmitas com farofa e frango frito. Também levavam duas ou três garrafas de cerveja e de mate gelado num isopor. Eles saíam de casa, fosse do morro da Formiga ou, depois, do Meyer, com o raiar do sol, e retornavam logo depois de almoçar sobre a toalha estendida na areia escaldante. Uma vez, uma única vez, eles foram até Paquetá, num barco que, saindo da Praça XV, demorava uma eternidade para chegar. Ele lembrava especialmente da mãe, sentada com ele na areia escura e pegajosa, brincando com ele entre as ondas tranquilas das águas da baía, coberta, como ele, de areia, daquela areia escura e pegajosa de Paquetá, que entrava pelas saliências do seu corpo para nunca mais sair.).

Quando ele chegou a Ipanema perguntou a alguns banhistas que dormitavam pela areia onde ficava o posto 9. Alguns deles, brancos e bem de vida — tal como o jovem alto, louro, bronzeado —, olharam-no como se fosse um marciano: primeiro porque ele não sabia onde ficava o posto 9, desde aquela época o ponto mais badalado da praia de Ipanema, e, depois, porque jamais tinham visto um banhista mulato, de calças compridas, camisa de tergal e sapato de verniz caminhando por suas areias. Apesar dos olhares adversos, do estranhamento que sentia, ele caminhou impávido em seu traje de aristocrata do morro até o posto 9 e, ali, sob o sol escaldante, com os sapatos sobre a areia branca, ficou plantado, esperando a tia do jovem alto, louro, bronzeado, aparecer. Enquanto esperava, ele viu cenas memoráveis que lhe causaram alternadamente admiração, riso e constrangimento.

Casais escandalosos se beijavam e se atracavam despudoradamente nas areias da praia como se fosse noite, como se estivessem entre quatro paredes, e não à vista de todos. Muitos bebiam uísque em copos baixos e de fundo grosso. Outros, totalmente malucos, pareciam estar bêbados desde a noite anterior. Rapazes brancos e de boa família fumavam maconha disfarçadamente em plena areia da praia, indiferentes aos velhos e às crianças que andavam pela calçada, ou que caminhavam pela areia — o que lhe causou admiração, pois pensava que aquilo só acontecia no morro do Salgueiro, onde morava uma das suas tias. Estes mesmos rapazes, na companhia de garotas — umas louras, outras morenas, todas perfeitas, todas dotadas de todos os dentes na boca —, cantavam canções que ele nunca ouvira, secundados por outros que os acompanhavam ao violão: canções que falavam sobre eles mesmos, sobre suas vidas banais, boêmias e sem sentido. Aquelas canções, que ele jamais ouvira tocar no rádio de casa ou da oficina, falavam sobre cigarros, bares e bebedeiras, mas também sobre solidão, melancolia, sobre o amor e sobre o mar. Além de se acompanharem ao violão, os rapazes de boa família também tocavam uns tambores pequenos e colados um ao outro que, anos depois, ele descobriu que se chamava bongô.

Duas horas depois, a tia do jovem alto, louro, bronzeado, finalmente cruzou a Vieira Souto. Ela caminhava displicentemente, no mesmo compasso das canções que os jovens brancos e de boa família cantavam acompanhados de seus violões, e vinha radiante, numa entrada de banho transparente e esvoaçante que não escondia suas curvas, sua pele branca e fina, suas coxas roliças e vigorosas, sua bunda redonda e bem-feita. Era possível ver, e admirar, que, por baixo da sua entrada de banho, ela usava um biquíni cavado e um top curto e sensual — seus peitos fartos querendo saltar pra fora, talvez em busca do sol. Quando chegou à areia, procurou-o com os olhos, mas não o viu. Foi ele que se aproximou dela: "Tudo bem com a senhora?", lhe disse, rindo o riso mais bonito e mais encabulado que ela já vira na vida. Apesar da beleza estampada em seu rosto, em seus olhos verdes-azulados, em seu riso tímido, e apesar da bondade e da inocência que seus gestos transmitiam, ela não pode conter, como se fosse tomada por uma compulsão febril, por um contágio, uma gargalhada longa, espalhafatosa, esparramada, sonora, a qual, aliás, o deixou sem chão, e que, aos poucos, foi se tornando constrangedora. "Vamos lá, garoto", ela disse, professoral, a conter o riso. "Primeiro, eu não sou senhora, tenho apenas trinta anos e, depois, meu Deus do céu, onde já se viu vir a praia desse jeito?". Ela continuou a rir, mas dessa vez discretamente, levando a mão à boca para evitar mais constrangimentos. "De que jeito?", ele lhe perguntou, sério, desconfortável, o coração descontrolado batendo a mil, o sol lhe cozinhando o cérebro, o suor escorrendo pelo rosto, o calor infernal, os gritinhos das meninas, as canções melosas, o cheiro de uísque, de cigarro Continental, de maconha, turvando seus sentidos. (Por um momento, ele pensou que ia desmaiar.). "Quem já se viu vir a praia de calça, de camisa, de sapatos! Até parece que não nasceu no Rio de Janeiro! Vamos lá em casa dar um jeito nisso", lhe disse a tia do jovem alto, louro, bronzeado, num tom amoroso, delicado, convidativo, quase maternal, que lhe arrebatou e lhe fez o coração desacelerar. Ele, enfim, conseguia respirar de novo: retomava a consciência perdida em meio àquele burburinho, àquele cenário de loucura e perdição e, ao mesmo tempo, de fascínio, encanto, de atração irresistível.

Foi assim que ela lhe tomou pela mão e, literalmente, lhe arrastou dali, atravessando a Vieira Souto de volta com ele. Quando entraram no portão do edifício, ela lhe disse: "Vai entrando e me espera um minutinho na portaria, que eu já chego", e, enquanto isso, foi até o portão da garagem buscar o jornal que havia sido arremessado ali mais cedo. Quando ficou só, esperando-a, segurando a porta principal, ele ouviu alguém lhe falar de dentro do edifício: "Ei, você, o que está fazendo aí? Você, você aí, você mesmo, garoto!". Ele virou-se para dentro, em direção à portaria. No mesmo tom grave, inamistoso, a voz insistiu: "Entrega é pela porta dos fundos, e não por aqui! Aqui é a porta principal, por aqui só entram os moradores!". Finalmente, ele avistou o dono da voz: o porteiro, mulato como ele, empertigado, gravata e colarinho branco, olhos injetados e fixos em sua bela e negra figura.

Obediente, e sem ânimo ou disposição para contestar quem quer que fosse, ele fechou a porta principal atrás de si e caminhou até a entrada de serviço. Enquanto isso, a tia do jovem alto, louro, bronzeado, jornal debaixo do braço, caminhava até a porta principal. "Que é que há, garoto, já vai embora? Vamos subir que eu te empresto um calção de banho que tem aí sobrando" — ela lhe disse, sorrindo, retomando sua mão. Ele não disse nada, nem comentou uma só vírgula sobre a admoestação do porteiro. Apenas se deixou levar por ela mais uma vez, como se fosse uma nuvem que seguia nesta ou naquela direção, de acordo com o vento. Foi assim, de mãos dadas, que eles cruzaram a portaria, o porteiro vendo tudo sem entender o que via, mostrando-se visivelmente enraivecido e contrariado com o que presenciava.

Quando ela abriu a porta do apartamento — que, como o da mãe do jovem alto, louro, bronzeado, também era de frente para o mar —, ele intuiu que voltaria ali outras vezes, embora não soubesse como, nem porquê. Conquanto fosse bem menor, o apartamento era absolutamente acolhedor e aconchegante. Na sala havia dezenas de quadros pendurados pelas paredes — alguns, aliás, sem moldura, sem um tema definido, ou sem qualquer medida ou propósito, como ele sentenciou aos seus botões —, poltronas e sofás amplos e de linhas arrojadas, além de almofadas e tapetes pelo chão. Em frente à janela que dava para o mar havia uma rede gigantesca que, graças a dois cabos de madeira, se mantinha sempre aberta. Tão logo entrou no apartamento e o acomodou numa das poltronas — que ele considerou esquisita, demasiadamente larga, profunda, uma poltrona que jamais seria aprovada pelo seu pai —, a tia do jovem alto, louro, bronzeado, entrou em seu quarto. Após um tempo de ruídos de gavetas se abrindo, ela apareceu com um calção de banho masculino na mão. (Era um calção de banho que pertencera ao seu último namorado, que havia sumido há mais de um mês. Tinham brigado feio por causa do ciúme excessivo dele.). "Toma. Prova", ela lhe disse, enquanto apontava para a porta de um banheiro que servia apenas à sala de estar, e que mais tarde ele descobriu que se chamava lavabo. Quando ele, hercúleo, apolíneo, musculoso, com seus olhos verdes azulados, tímidos, saiu do banheiro trajando apenas o calção de banho, ela foi tomada por um frêmito indisfarçável, e teve que controlar seu arrebatamento para não o agarrar de supetão — movimento que, certamente, ela calculou, deixaria escapar sua presa. Controlando a si mesma e a seus impulsos, ela apenas se contentou, a princípio, em admirá-lo, esperando o melhor momento para romper a distância que, até então, ainda os mantinha afastados.

53

De modo a entreter seus pensamentos e desviá-los do desejo que lhe crescia por dentro, a tia do jovem alto, louro, bronzeado, colocou um disco, um *long play*, na radiola de madeira que ficava num dos cantos da sala. Ele leu na capa do disco: *Dolores Duran Viaja*. Ele nunca tinha visto ou ouvido falar daquela cantora mulata como ele, nem nunca tinha escutado aquelas canções, que lhe pareceram as mesmas toadas tristes, melosas e levemente ritmadas que os jovens brancos e de boa família cantavam no posto 9, nas areias de Ipanema.

Enquanto a voz de Dolores Duran preenchia todos os espaços da sala em frente ao mar, a tia do jovem alto, louro, bronzeado trouxe dois copos baixos e de fundo grosso com uísque e gelo — copos exatamente iguais aos que ele vira na praia, nas mãos dos rapazes de boa família. Ele sorveu o uísque em poucos minutos, o que fez a tia do jovem alto, louro, bronzeado, lhe advertir: "Calma, garoto, vai devagar, isso pega". Ele assentiu com um sorriso maroto e absolutamente encantador, já se sentindo tocado pelo álcool, pela música, e pela brisa incessante, quase fria, que soprava do mar. (Era a primeira vez que ele bebia pela manhã, um período do dia, ele constatou, no qual o álcool parecia subir mais rapidamente à cabeça.). A partir dali eles conversaram sobre sua pintura, sobre seu trabalho na oficina, e ela aproveitou a ocasião para conferir de perto, e metodicamente, aquilo que só pressentira ao tomar suas mãos na praia e, depois, na portaria do edifício: que elas eram calejadas, e tinham marcas de martelos de borracha, de fios de nylon, de facas de cortar e perfurar couro, de taxas e grampos de madeira, de farpas, e de descuidos, enganos e distrações incontáveis que lhe haviam acometido desde os oito, nove anos de idade, quando começara a trabalhar ao lado do pai na oficina. Agora também se agregavam às marcas das suas mãos os restos de thinner, de tintas de variadas cores e de variadas texturas e composições químicas, as quais, aos poucos, iam se impregnando nas pontas e ao longo dos seus dedos, sob as unhas, e nas linhas fortes e bem demarcadas das palmas das suas mãos.

Enquanto olhava fixamente para ele, para seus olhos verdes-azulados e mais claros que o dela, a tia do jovem alto, louro, bronzeado, lhe tomou as mãos e as beijou — como fizera sua mãe um dia, em seu leito de morte. Todavia, diferentemente da sua mãe, ela lhe beijava as mãos não com ternura maternal, mas da mesma maneira lânguida das meninas de Copacabana. Ele sentia que enquanto ela, absolutamente absorta naquela empreitada sensual e voluptuosa, lhe beijava as mãos e lhe mirava fixamente, alguma coisa crescia por dentro. Ele percebia, enfim, que era tomado por um sentimento que ronronava em seu peito, ao mesmo tempo que se dava conta de que seu pênis se agigantava dentro do calção de banho como se fosse um ser descontrolado, afoito, um ser absolutamente autônomo e independente dele mesmo. Quando ela foi além e começou a colocar seus dedos calejados em sua boca, enfiando-os entre seus dentes — dentes, aliás, todos presentes à sua boca, ao contrário da pobre menina baiana da Riachuelo —, nem ele, nem ela, resistiram à tentação do primeiro beijo, depois do abraço apertado e, imediatamente em seguida, do sexo que se consumou ali mesmo, naquela sala, na poltrona esquisita, diante da janela em frente ao mar. Foi a tia do jovem alto, louro, bronzeado, que fez tudo — que arrancou seu calção de banho, que tirou sua própria roupa, que lhe cobriu —, reconhecendo a inocência, a pudicícia e a timidez daquele garoto mulato, belíssimo, de olhos verdes-azulados, que ela, agora, contemplava desde o alto, cavalgando, sentada sobre ele, ele arfando e se contorcendo sob ela, revirando os olhos e descobrindo o alento e o deleite que, sem saber, buscou ao longo de todas as suas vidas contidas numa vida só.

Nono

Debruçado na janela do seu apartamento da Nossa Senhora de Copacabana, e olhando lá do alto a multidão que, como formigas, traçava caminhos imperscrutáveis pelas calçadas de Copacabana, ele lembrou como se fosse hoje do dia em que o telefone tocou e, do outro lado da linha, surgiu a voz do seu velho amigo alto, louro, bronzeado — que agora, como ele, já não era mais jovem. Não era, entretanto, ocasião para boas recordações, para saudações longas e cordiais. A ligação tinha um propósito definido: informar que, lamentavelmente, sua tia estava morrendo, e que queria vê-lo.

Ela já tinha passado dos oitenta anos, e vários dos seus órgãos estavam falindo. Desenganada — tal como sua mãe fora um dia —, ela, contudo, morria com dignidade em seu apartamento, com a ajuda de um *home care*. Em sua velhice profunda, a tia do jovem alto, louro, bronzeado, ainda morava no mesmo apartamento de Ipanema — a despeito das pressões dos especuladores e dos próprios parentes, que queriam ver aquele edifício vir abaixo —, e sobrevivia, contra sua vontade, ligada a aparelhos. Por ela, morreria naturalmente, sem aquelas traquitanas e, sobretudo, sem aquelas enfermeiras dispendiosas e dissimuladas, que apenas aparentavam educação, humanidade e gentileza, que andavam ao seu redor vinte e quatro horas por dia tolhendo sua privacidade. (Como se os moribundos, ela refletia, ainda lúcida, tivessem direito à privacidade.). Ela, reiterou seu velho amigo alto, louro, bronzeado, ao telefone, queria muito vê-lo. "Estou indo aí o mais rápido possível", ele disse, engolindo em seco, transtornado, e encerrando a ligação.

No entanto, absorto e sublimatório, ele desligou o telefone e tentou concluir uma parte do quadro que estava pintando. Não pensava, apenas intuía, que era preciso insistir. Era uma parte difícil do quadro, de canto, que lhe estava tirando o sono e a paciência — um canto de um quadro sobre o mesmo tema da sua vida inteira, ou das suas tantas vidas contidas numa vida só: as mesmas árvores, as mesmas ruas, os mesmos edifícios semiabandonados, as mesmas caras, trejeitos e poses das putas da Lapa, as mesmas cenas que, enfim, o fizeram famoso primeiro no Rio de Janeiro e, depois, no mundo inteiro. No entanto, a despeito da sua insistência tola, ele não pode se concentrar no canto do quadro, porque suas mãos tremiam, e sua respiração estava cada vez mais pesada e opressa. Quando se deu conta, chorava copiosamente, convulsivamente, embotando o quadro com imagens turvas e desfiguradas que se formavam não na tela, mas em seus olhos úmidos — lágrimas que não paravam de se formar, que não cessavam de lhe encharcar a cara.

Nessa circunstância, súbito, ele também se deu conta, mais uma vez, de que estava envelhecendo — como sempre por terceiros, por avisos e sinais emitidos fora de si mesmo. Agora seu ponto de referência foi a mulher que amara quando era apenas um garoto, um rapazote qualquer, quando era belíssimo e talentoso, mas um joão-ninguém. Quando ele era apenas aquele jovem mulato cansado de ser humilhado pela vida afora, ou ao longo das suas tantas vidas — um garoto vexado e diminuído a cada momento por um pai tirânico e depravado —, ele conheceu uma mulher mais velha que ele, uma mulher que, na realidade, tinha trinta e cinco anos, e não apenas trinta, como lhe dissera naquele primeiro encontro no posto 9. Uma mulher que, pela primeira vez em sua vida apequenada e insignificante — uma das tantas vidas pregressas que teve —, o respeitara, reconhecera seu talento e, maravilhada com sua beleza etérea e, ao mesmo tempo, hercúlea, máscula e viril, lhe ensinara a fazer amor, lhe desvirginara, abrindo-lhe os olhos e o coração para a beleza.

Ela o recebeu várias vezes em seu apartamento, fazendo vista grossa para a irmã empedernidamente branca, convictamente burguesa e superior, que, ao lhe visitar, se deparava com ele quase nu, andando por seu apartamento descaradamente, como se aquele apartamento fosse dele, e não dela. Foi ela, a tia do jovem alto, louro, bronzeado, que lhe apresentou o primeiro *marchand*, que se encarregou da sua primeira exposição, coletiva e modesta, é verdade — suas obras em meio a tantas outras obras de outros tantos pintores —, mas que lhe abriu portas num mercado cujas regras e etiquetas ele jamais compreendeu. Foi ela que o apresentou a vários amigos que, encantados com seus quadros, seus modos discretos e com sua bela figura, o receberam em seus apartamentos da Zona Sul e compraram alguns dos seus trabalhos monotemáticos. E foi também ela que lhe fez sofrer como um cão, que lhe fez chorar por todas as horas e minutos de dias e dias a fio, que o fez comer o pão que o diabo amassou quando se encantou por outro homem mais velho: um homem branco, rico como ela e, para piorar o conjunto, tão belo quanto ele.

O namoro entre eles — impossível à partida, evidentemente — durou três meses. Ele jamais impôs nada, jamais pediu nada, jamais exigiu o que quer que fosse: apenas se contentou com o amor, o carinho e o sexo que lhe foi devotado enquanto aquele idílio improvável teve curso. Como sempre, ele foi cordato, circunspecto, condescendente, quase subserviente, tendente a concordar com tudo o que ela dizia, fazia ou propunha, sempre revelando-se agradecido e penhorado por ela ter-lhe aberto as pernas, as portas e o mundo. Como um cão manietado, obediente, dedicado, que recebe de bom grado os restos após a refeição do amado dono, ele jamais emitiu uma única nota discordante em relação ao que quer que viesse da sua parte.

Aos poucos, e em pouco tempo — um mês, um mês e meio depois do primeiro encontro — ela percebeu o que parecia óbvio: que ele não era homem suficiente para ela. Mas ele, segundo ela mesma, era tão bonito, tão apolíneo, tão másculo, dotado de um pênis maravilhoso, ao mesmo tempo que era tão meigo e talentoso, que lhe foi muito difícil, à partida, dizer não, romper aquele idílio juvenil. Contudo, ao completar três meses de relação, ela não aguentou mais. Ela, porém, não introduziu o outro homem em sua vida — o tal homem mais velho, mais rico, branco, e tão bonito quanto ele — antes do fim daquele namoro improvável. Não. Não foi por este outro homem que ela resolveu romper com o garoto mulato do Meyer. Ela rompeu com ele porque não podia conviver com alguém que não brigava, não se indignava, que não se contrapunha aos seus argumentos, que não lhe confrontava, que não se revoltava, que não dizia nada mesmo quando era afrontado e humilhado: isso ela não podia suportar.

Sua disposição para concordar com tudo e com todos parecia ser eficaz, primeiro, com as clientes do seu pai; depois com os rapazes e as moças de boa família da praia de Ipanema — que, após aquele encontro no posto 9, ele passou a frequentar com assiduidade —; e, finalmente, com os *marchands* e os compradores dos seus quadros. Todos se encantavam com ele — belo, hercúleo, olhos verdes-azulados incrustados em sua morenice —, e com sua capacidade de assentir diante de tudo, de negociar, de ser flexível, de concordar com os termos e as vontades alheios, e até de rir das suas piadas infames e sem graça. Mas sua subserviência condescendente, somada à sua juventude, não foi suficiente quando ele teve que se ligar numa relação improvável, sem sentido, fora de contexto e de compasso, a uma mulher rica, mais velha, infinitamente mais experiente, vinda de outra classe, de outro bairro, de outro nicho social, e que ainda por cima era de outra cor.

Quando ele desabou, não conseguindo mais pintar, e chorou como se tivesse dez anos de idade — como, aliás, chorava, agora, ao envelhecer, por qualquer coisa —, ele lembrou dela não apenas como uma amante, como uma mulher que, enfim, o fez conhecer o sexo em sua plenitude, mas, principalmente, lhe veio à mente como todas as diferenças, todo o desamor, como a sua dor e sua desilusão juvenis foram superados pela amizade, pela cumplicidade. Houve, doravante, como não poderia deixar de ser, claro, sexo, desejo, peles e pelos se roçando sobre a rede armada em frente à janela sobre o mar: eles jamais deixaram de transar esporadicamente, jamais deixaram de ser amantes, mesmo depois de acabarem o curto namoro de três meses, mesmo depois de ele contrair suas uniões malsucedidas — ao longo das quais ela sempre se fez presente —, e mesmo depois de ela ter se envolvido, daí por diante, com dezenas de amantes passageiros. O sexo entre eles apenas desapareceu por completo quando ambos foram tragados pelo envelhecer. Mas até esse momento fatídico e incontornável — e superando todos os amantes, tanto os dele como os dela, todas as esposas dele e todos os casos passageiros que ambos pensaram que podia significar amor —, prevaleceu entre eles uma não menos improvável e profunda amizade, uma imensa cumplicidade, que serviram como uma espécie de amálgama de todas as vidas que, retrospectivamente, ele teve no passado.

Um dia, à tarde, poucos dias depois do primeiro encontro na praia, no posto 9, eles se deitaram na rede, fatigados, depois do sexo. Displicentemente, quase indiferente ao que pensava ou dizia — distraída, talvez — ela proferiu uma frase que ele jamais esqueceria: "Todos os homens bonitos são iguais, mas você não, você é diferente". Diferente como? — ele pensou, encucado. Mas, como sempre, ele não disse nada, não contestou, nem indagou à sua parceira o que ela realmente queria dizer com aquela frase, o que significava aquele enigma. Ele apenas ouviu-a e, como sempre, permaneceu calado. Aquela frase enigmática, jamais desvendada, desafiava sua curta imaginação tantos anos depois de ter sido proferida, e ainda cintilava entre suas recordações em meio à tantas frases marcantes que a tia do jovem alto, louro, bronzeado, havia impresso em sua alma quase inutilmente.

Quando ele, enfim, calou seus pensamentos, pôs uma camiseta e uma bermuda limpas — e que não tivessem marcas de tintas ou de verniz —, desceu do seu prédio, na Nossa Senhora de Copacabana, e tomou um táxi em direção a Ipanema. Ao entrar no apartamento em que esteve por tantas vezes ao longo de muitas das suas tantas vidas, notou que tudo continuava como antes. Até a rede — agora uma peça nova, reforçada —, continuava no mesmo canto da sala. Diferentemente, porém, do que vira ali cinquenta anos atrás, ele pode reconhecer três dos seus quadros nas paredes. O velho e recorrente tema da Lapa, com suas ruas escuras, seus prédios semiabandonados, e o teatro das putas, com suas poses, seus maneios e mesuras, estavam ali representados em diferentes ângulos e perspectivas. Entretanto, naquele presente angustiante, o que mais se destacava eram as traquitanas que ela detestava, que achava absolutamente dispensáveis: tubos e fios, painéis luminosos dotados de gráficos e fluxogramas indecifráveis, de índices de temperatura corporal e da pressão arterial medidos constantemente, além dos cilindros de oxigênio e do pendente com bolsas de soro. Tudo ali lhe arremetia na contramão do passado: em direção a um presente avassalador e a um futuro sem esperanças nem perspectivas, prenhes do envelhecer do qual, agora — debruçado sobre sua janela para a Nossa Senhora de Copacabana, enquanto observa os caminhos imperscrutáveis da multidão e um Cristo solitário e iluminado por luzes artificiais —, ele mesmo, saturado, esgotado, era também uma vítima.

Ele se aproximou do seu leito de morte, e lhe tomou as mãos. Mas, tal como acontecera com sua mãe muitos anos antes, foi ela quem o consolou — e não o contrário —, ao lhe beijar as mãos sempre rudes, sempre calejadas, sempre marcadas pelo trabalho manual: marcas que, como a presença dela, atravessaram todas as suas vidas contidas numa vida só. Como se não precisassem — e, de fato, não precisavam —, eles não disseram nada um ao outro. Apenas confirmaram em seus gestos, em sua demonstração recíproca de afeto, em sua troca de olhares enevoados, o vínculo que os havia unido pela vida afora — um vínculo que, desde que a conhecera, amalgamara todas as suas vidas.

Apesar dos abundantes sinais deixados por essa visita dolorosa, a morte da tia do jovem alto, louro, bronzeado, sobrevinda poucos dias depois, o pegou desprevenido. Esta mulher classuda, discreta, bem mais velha que ele, que a vida inteira vivera só sem nunca ter precisado da relação com um homem para lhe conferir identidade ou posição, foi, ao longo da sua vida, ou das suas tantas vidas, sua referência maior de amante, de companheira, de amiga. (Talvez a tia do jovem alto, louro, bronzeado, fosse a única mulher que ele conheceu como uma pessoa em sua inteireza. E foi exatamente essa pessoa que ensejou as mais drásticas transições entre as suas várias vidas.). A morte da tia do jovem alto, louro, bronzeado, portanto, abalou-o profundamente. (Pode-se dizer que não apenas ela, mas que também ele, mais animal que humano, mais sentimento que razão, também morreu um pouco, ao saber que ela havia sumido para sempre.). Sob um certo ângulo, a presença daquela mulher branca, rica, que lhe abriu as portas do mercado das artes, que foi sua primeira amante e que lhe desvirginou, atravessou todas as suas vidas e, mesmo após a sua morte, ele lembrava dela — mormente das tardes em que, deitados, nus, na rede em frente ao mar, divagavam e sonhavam com o futuro —, como se ainda vivesse tudo aquilo.

61

Décimo

Como soía acontecer quase todas as manhãs, ele acordou cedo, caminhou se arrastando em direção à cozinha e, mecanicamente, começou a preparar seu desjejum. (Aquele ritual apenas não se cumpria nas manhãs das terças e das sextas feiras, pois cabia à diarista, presente àqueles dias, preparar-lhe o café da manhã. Contudo, ele jamais ficava satisfeito: sob os cuidados dela, ou o pão torrava demais, ou de menos, ou o café ficava frio, ou, ainda, os ovos não cozinhavam direito, de modo que o melhor desjejum que experimentava, concluía, era o que ele mesmo preparava).

O ritual — meticuloso, ordenado, reiterado —, era sempre o mesmo: primeiro ligava a máquina de café, para que a água estivesse quente na hora de passá-lo. Depois, colocava duas fatias de pão na torradeira e, enquanto isso, dois ovos cozinhavam na água fervente. Finalmente, quando os ovos estavam cozidos, o pão perfeitamente tostado e o sinal da água quente aceso, ele cortava duas fatias de queijo minas, passava o café e sentava diante da sua obra milimetricamente disposta sobre a acanhada mesa da cozinha. Ao lado do pão, dos ovos, do queijo e do café repousavam os mais variados comprimidos, divididos, como quase tudo no apartamento, por classes de cores: os verdes, os vermelhos, os amarelos, os brancos, os azuis. Dois serviam para os males que lhe estrangulavam a bexiga e a próstata; outro repunha os hormônios da tireoide; os demais o ajudavam a enfrentar os excessos incontroláveis — dos triglicerídeos, da glicemia, do colesterol, da pressão alta — decorrentes da sua inveterada dieta de boteco e do peso das suas tantas vidas sobre seu corpo velho e alquebrado.

Seus movimentos — congruentes com seus quase oitentas anos —, eram lentos e comedidos. Contudo, seus movimentos sempre haviam sido lentos e comedidos ao longo de toda a sua vida, ou ao largo das suas tantas vidas contidas numa vida só, e apenas se tornaram ainda mais lentos e ainda mais comedidos por causa do envelhecer. Como se fosse um boneco mecânico, ele se movia pausadamente entre um e outro móvel da cozinha exígua. Situado no nono andar, o apartamento era pequeno e bisonho: além da cozinha, contava com uma sala cujas janelas davam para a Nossa Senhora de Copacabana — das quais, mesmo à distância, era possível divisar o Cristo —, e dois quartos que confinavam e se projetavam sobre o deprimente e insalubre pátio interno do edifício. Num quarto, ele havia montado seu dormitório, e no outro improvisara seu ateliê. O banheiro, atulhado, bolorento, de azulejos encardidos e muito antigos, havia sido adaptado à sua velhice, ganhando barras laterais no box e ao lado do vaso sanitário. A cozinha, com seus móveis colados uns aos outros, era pelo menos compatível com seus movimentos lentos, comedidos.

Enquanto tomava seu desjejum e ouvia a Rádio *Jornal do Brasil* em seu antigo rádio de duas bandas — um vício adquirido desde a juventude —, ele se sentiu condenado à solidão e ao confinamento: a rua, lá embaixo, se lhe afigurando mais e mais hostil. Contrariado, ele comparava aquele apartamento bisonho e acanhado da Nossa Senhora de Copacabana ao apartamento amplo e espaçoso que teve na rua Anchieta, no Leme — surrupiado, ele ruminava, mastigando com dificuldade uma simples torrada, pela primeira mulher e por seus dois filhos. Viveu ali, numa das suas tantas vidas, com a tal mulher, que conheceu durante o vernissage da sua primeira exposição individual. Era uma mulata bonita, bonachona, faladeira e gostosíssima, uma carioca da gema, nascida e criada na balbúrdia de Botafogo: uma mulher que, além de gostosa, de lábios carnudos, era debochada, alegre e irresistível. Ao vê-lo diante dos seus quadros, tão jovem, tão hercúleo, apolíneo, com seus belos olhos verdes-azulados, tão talentoso, não hesitou em comparecer à galeria todos os dias enquanto durou a exposição.

Depois que sua primeira individual terminou, a mulata bonita, bonachona, faladeira e gostosíssima, o assediou por três meses seguidos, perseguindo-o, à noite, em todos os espaços boêmios por que ele passava. Ela descobria cada bar que ele ia, cada restaurante que frequentava e, se ele fosse convidado a um vernissage por outro pintor, a primeira pessoa que encontrava na galeria era a mulata bonita, bonachona, faladeira e gostosíssima, sorriso aberto em sua direção. Todas as vezes que a via, ele ficava na dúvida se devia ou não ceder aos seus encantos. (Sua tendência era, como sempre, ceder. Mas, ao mesmo tempo, tinha medo: jamais havia sido assediado daquela forma.). O breve e delirante namoro entre ele e a tia do jovem alto, louro, bronzeado, já se esvaíra, mas eles continuavam se encontrando furtivamente — como se encontrariam ao longo das várias vidas que ele teria daí por diante —, em ocasiões nas quais matavam as saudades um do outro sem que se sentissem assolados pela opressão do compromisso. E, agora, sabedor do caminho e sapiente do que encontraria ao seu final, ele comia todo mundo: fossem as meninas lânguidas de Copacabana — das quais ele se aproximava com certo esforço e pelas quais sempre soía se apaixonar —, fossem as garotas ingênuas e fogosas do Meyer —, muitas delas, aliás, mulatas como ele, que ele tendia a desprezar e a largar tão logo conhecesse outra diferente.

Como a tia do jovem alto, louro, bronzeado, também estava em todos as farras e em todos os eventos em que ele ia — fossem em Ipanema ou na Cinelândia —, ele acabou rompendo seu silêncio e sua timidez para falar com ela de si mesmo e, à boca pequena, quando a mulata bonita, bonachona, faladeira e gostosíssima surgiu, como que por encanto, no mesmo bar em que eles estavam, comentou: "Acho que essa morena tá me querendo". Quando a tia do jovem alto, louro, bronzeado, a viu, mirando-a dos pés à cabeça, e elas trocaram olhares reciprocamente belicosos e fulminantes, soube que a mulata bonita, bonachona, faladeira e gostosíssima não estava pra brincadeira: não tinha entrado no páreo sob outro desiderato senão o de vencer e levar consigo seu despojo de guerra. A tia do jovem alto, louro, bronzeado, apesar de enciumada e temente pela iminente derrota, fez pose de mulher madura e civilizada e, dando vazão a um desencargo, piscou o olho para ele em sinal de aprovação.

Foi assim que ele começou um namoro intenso e perturbador com a mulata bonita, bonachona, faladeira e gostosíssima, que, por esses anos, tentava ser cantora, usava uma flor no cabelo ao estilo de Billie Holiday e sentia ciúmes até da própria sombra. Insegura e, ao mesmo tempo, forte, impávida, dominadora, a mulata bonita, bonachona, faladeira e gostosíssima foi lhe impondo um conjunto de regras e, astutamente, foi estreitando seu círculo de amizades e de convivência cotidiana e boêmia. É evidente que um de seus alvos prediletos era a tia do jovem alto, louro, bronzeado: não por acaso, sua empresa mais visceral consistiu em afastá-lo daquela mulher branca, bem-nascida, de nariz empinado, civilizada ao extremo, que — ela bem o sabia — exercia sobre ele uma influência considerável.

Por esses anos, enquanto sua fama de pintor da Lapa, das suas ruas escuras, dos seus casarões decadentes e, principalmente, das suas prostitutas, crescia pelo Rio de Janeiro, atraindo, ademais, colecionadores argentinos e uruguaios — que começaram a despertar o interesse de galerias famosas de Buenos Aires e Montevideo em torno dos seus quadros —, seu pai morria aos poucos. A oficina da Lapa já estava praticamente fechada, e o velho depravado, então moribundo e na solidão, passava a maior parte do ano internado no Souza Aguiar, acometido por uma falta de ar crônica e por crises intensas açuladas pela cirrose hepática. Ao fim da vida, amoleceu: chorava pelos cantos da casa, era afável com o filho, queria saber como estava, se preocupava com seus passos, com seus sumiços. (Tinha medo da morte.). Ele, contudo, mantinha-se distante do velho depravado, não lhe dando trégua: o peso da mão paterna ao longo das suas vidas passadas não lhe deixava folgar diante da figura do pai apascentado, amolecido. Um mês depois que seu pai morreu, sozinho, numa ala fria e asséptica do Souza Aguiar, seu tio, que ainda vivia no Cachambi — um solteirão apenas dedicado aos negócios da padaria e à administração dos seus vários imóveis —, também veio a falecer: como não tinha herdeiros, deixou todos os seus bens para ninguém mais além dele. Súbito, aos vinte e cinco anos de idade, ele se viu herdeiro universal do pai e do tio, único proprietário da casa opressiva do Meyer, de uma padaria e de várias casas no Cachambi. Jamais pensara no que fazer num caso como esse. Não imaginava que herdaria tudo de um tio que nunca via, mas que o amava como o amavam suas tias, irmãs da sua mãe — das quais, porém, ele nada tinha a herdar.

Um ano depois de conhecer a mulata bonita, bonachona, faladeira e gostosíssima, e meses depois da morte do seu pai e do seu tio, eles se casaram numa cerimônia festiva e praiana, e ele comprou o apartamento da rua Anchieta, no Leme. Para pagar por aquele apartamento gigantesco e bem situado, vendera quase tudo que herdou: a casa opressiva e cheia de árvores do Meyer, o casarão do tio, a padaria e seus imóveis do Cachambi. De repente, ele se deu conta de que havia cortado, e em definitivo, quase todos os laços que o prendiam à inóspita, abafada e calorenta Zona Norte, uma vez que nunca visitava suas tias. Foi assim que ele se tornou, e também definitivamente, um cidadão da Zona Sul, e realizou seu desejo infantil de morar na amplidão, sob o céu aberto, nos espaços largos, arejados, dos que, abastados, vivem perto do mar.

Décimo primeiro

O apartamento da Anchieta, quase na esquina com a avenida Atlântica, tinha uma sala e dois dos seus quartos, como disse o corretor, "voltados para o mar". (Na verdade, dos seus janelões, era possível ver, além da rua lá embaixo, de esguelha, meio de banda, uma nesga do mar.). Quando ele e a mulata bonita, bonachona, faladeira e gostosíssima se casaram, ela, radiante, queimou parte considerável do que ele havia herdado promovendo mudanças no apartamento, comprando móveis e objetos elegantes e de bom gosto para decorá-lo. Uma das primeiras brigas feias que tiveram não foi por que ela adorava dar festas e esbanjar — com o que ele consentia, embora insatisfeito e, como sempre, calado —, mas por que ela teimou que seu ateliê seria num dos quartos que dava pro mar, pra rua lá embaixo. "Prefiro pintar no outro quarto, lá dentro. Aquele que dá pro pátio", ele disse, sereno, acuado, com sua costumeira voz inaudível. "Mas que absurdo!" — ela gritou, mãos nas cadeiras, olhos em brasa. "Você precisa de inspiração, meu bem, precisava ver o mar! E quando vierem ao seu ateliê, ver seus quadros? Vão ficar vendo roupa pendurada?", ela gritou, mudando o ateliê, à sua revelia, para onde ela queria: o quarto ventilado, iluminado, que dava para a Anchieta, para o mar — mesmo que fosse apenas de viés, de esguelha, apenas uma nesga do mar.

"Ela não compreende" — ele confidenciou, dias depois, à tia do jovem alto, louro, bronzeado, quando foi visitá-la em Ipanema —, "que eu não quero ver nada, que eu não posso enxergar o que quer que seja enquanto estou pintando. A paisagem está na minha cabeça. A rua, o movimento, o mar, só vão me atrapalhar, criar confusão, embaralhar as imagens que já estão aqui dentro, entende?", ele desabafou, apontando para sua própria cabeça. Enquanto isso, a tia do jovem alto, louro, bronzeado, enfiava os dedos magros e brancos entre seus cabelos crespos: os dois, nus, deitados na rede armada em frente à janela que dava pro mar. A relação entre eles — de cumplicidade, de amizade, de intercâmbio sexual —, crescia à margem do seu casamento, e era, paradoxalmente, a tia do jovem alto, louro, bronzeado, que o aconselhava e o estimulava a ter paciência com a esposa ciumenta, brigona, arrivista que ele havia introduzido em sua vida — ou em uma das suas tantas vidas contidas numa vida só. E foi também a tia do jovem alto, louro, bronzeado, então aos quarenta anos, que lhe aconselhou que a pintura era a sua vida, a fonte da sua energia vital, o cerne da sua alma não de artesão, mas de artista, e que ele não podia se render ao capricho da esposa, acatando sua designação arbitrária e irrefletida de onde deveria ou não pintar.

Foi em decorrência dessa sugestão poderosa e certeira que ele, sem dizer nada a mulher, alugou um ateliê em Laranjeiras, situado sobre uma colina, cuja janela dava para a face de uma pedra graúda, arredondada e musguenta. Ali, ele teve certeza, poderia dar vazão às suas imagens interiores, mentais, aos quadros que estavam por vir, e que só ele enxergava, imaginava, que só ele podia captar e lapidar em meio aos desvãos da sua inconsciência. Quando sua esposa se deu conta, ele já tinha transferido todos os materiais de pintura — todas as telas, as tintas óleo, acrílicas e de relevo, os cavaletes, as espátulas, as aquarelas, madeiras e ferramentas que usava para fazer suas molduras, bem como todas as telas inconclusas —, para o ateliê de Laranjeiras.

Após os dois primeiros anos de casado com a mulata bonita, bonachona, faladeira e gostosíssima, o sexo — a principio intenso, gostoso e constante —, foi se tornando cada vez mais esporádico e burocrático. Ele se deu conta daquela mudança, daquela alteração de humor, mas era incapaz de refletir, de pensar, sobre o que estava acontecendo. Ele apenas intuía à sua maneira, ruminante e instintiva, que o casamento parecia necessariamente implicar, com o tempo, em pouca ou nenhuma atividade sexual, a qual, com relativa frequência, se via impossibilitada por enxaquecas, menstruações, indisposições físicas e psíquicas e por outros quejandos, em geral esgrimidos pela esposa. Ele achava que sua disposição para o sexo era sempre a mesma, e que o casamento em si significava, necessariamente, um banho de água fria no tesão que se sentia antes dele. O dia-a-dia, as compras no mercado, o trabalho incessante, o sofá e a televisão, tudo, enfim, que fazia parte da vida de casado, parecia tornar o sexo uma coisa abstrata, espasmódica, quase etérea, absolutamente secundária.

Depois que tiveram dois filhos, uma menina e um menino — ambos belíssimos e mulatos como eles —, tudo pareceu piorar. Já tinham cinco anos de casados, e a vida ia bem. Seus quadros vendiam como água, e as primeiras galerias europeias, algumas das mais seletas galerias de Paris, Viena e Londres, começaram a expor as suas obras. No entanto, por essa época, ele e a esposa brigavam o tempo todo porque ele nunca parava em casa, porque ele nunca tinha tempo para os filhos, porque ele vivia enfiado no ateliê de Laranjeiras — com efeito: ficava ali às vezes quinze, dezesseis horas seguidas, trabalhando ininterruptamente —, e porque apenas ela levantava de madrugada para alimentar e trocar a fralda dos bebês. Ela estava exausta, e ele também, mas por razões diferentes. O sexo entre eles praticamente havia desaparecido, e ele começou a achar sua mulher desinteressante, pouco atraente, gorda, flatulenta, excessivamente falante. Como seu pai, à época da oficina da Lapa, ele passou a dormir várias noites por semana em seu ateliê, sobre uma antiga marquesa feita pelo velho depravado e que ele mesmo havia ajudado a fabricar. Justificava sua ausência pelo grande volume de trabalho, que executava sozinho, como lhe convinha, e pela imensa necessidade de dinheiro: bancar a família, que crescia, e as insanidades perdulárias da mulata bonita, bonachona, faladeira e gostosíssima, que adorava gastar com o que lhe desse na telha, eram desculpas mais do que plausíveis para sua ausência constante.

Mas o ateliê de Laranjeiras também cumpria outras funções. Como seu pai na oficina da Lapa, ali ele também recebia amigas da noite e da boêmia, e mesmo algumas admiradoras da sua arte, dos seus quadros. Algumas, quando o visitavam, se dispunham a ter com ele um sexo rápido, fácil e sem maiores compromissos: para isso, ele usava a velha marquesa vinda de uma das suas vidas passadas — uma vida vivida no Meyer e na oficina da Lapa, sob o jugo paterno. Orgulhava-se, contudo, do fato de que, ao contrário das convivas do velho depravado, nenhuma das suas amantes eventuais era puta: antes, eram todas moças e mulheres das boas famílias cariocas, moradoras nas praias de Copacabana, de Ipanema, do Leblon, e frequentadoras assíduas do posto 9 — bonitas, bronzeadas, mulheres com todos os dentes na boca e com todas as carnes no lugar, e por cujo sexo ele jamais teve que pagar. (Ao contrário, muitas faziam questão de transar com ele mesmo sabendo que era casado, uma vez que, além de artista plástico famoso, bem estabelecido, ele continuava forte, musculoso, apolíneo, bonito, um homem de olhos verdes-azulados incrustados em sua morenice.). Quando pressentia que o sexo ia acontecer com uma das suas visitantes, ele saía de mansinho até a porta do ateliê, fechava-a com cuidado e colocava a singela placa que pintara com tinta vermelha: "Volto logo".

Foi ali, no seu ateliê de Laranjeiras, que ele recebeu a visita do embaixador da Suécia: um homem incrivelmente branco, doentiamente pálido, porém alto, elegante, que tinha mesuras e maneios para dar e vender. Embora ele não entendesse perfeitamente muitas das coisas que dizia, o gringo falava português corretamente: o problema era sua verborragia artística, suas frases colhidas nos tratados sobre artes plásticas, tratados que ele nunca lera e sequer tivera qualquer interesse em saber que existiam. Dentre as tantas coisas ditas, dentre os muitos elogios à sua obra, à sua pintura, o embaixador sentenciou — e isso ele entendeu perfeitamente — que depois que vira seus quadros expostos numa galeria do centro do Rio, tinha se encantado com seus traços, suas cores fortes, com suas imagens do Rio de Janeiro e do Brasil: um país que tinha aprendido a amar tal como amava o seu próprio país. Era impossível, lhe confidenciou o embaixador, efusivo, que alguém pudesse ser triste ou infeliz numa cidade como o Rio de Janeiro. Ele apenas ouviu aquela sentença e, como sempre, assentiu com um breve sorriso. (Ele, no entanto, sabia perfeitamente, talvez mais do que ninguém, como alguém podia ser triste e infeliz no Rio de Janeiro.). A proposta do embaixador era montar uma exposição com suas obras em Estocolmo, numa das galerias mantidas pela família real sueca. "Precisamos estimular o intercâmbio entre nossos países", lhe disse o embaixador com seu sotaque forte, carregado, com suas fórmulas empoladas e, para ele, insuportáveis, exageradas, através das quais fazia declinar frases e mais frases retiradas dos manuais de arte e de diplomacia.

Quando o embaixador conclui o projeto de intercâmbio artístico e cultural, escolheu alguns dos seus quadros, assinou o termo de compromisso das instituições mantidas pela família real e pagou o seguro para transportá-los até a Suécia. Concluídas aquelas exigências formais, aquelas etapas burocráticas, enviou, para sua aprovação, através de uma das secretárias da embaixada — uma moça ruiva, sardenta, vivíssima, cabelos flamejantes, da cor do fogo, pele acobreada, de olhos mais azuis que os dele, que, ao contrário do embaixador, magro, pálido, mortiço, era uma moça bronzeada, deleitosa e carnuda, dourada pelas praias soalheiras do Rio —, enfim, enviou através dessa moça que lhe despertou viva atenção, um folder e um cartaz alusivos à sua exposição em Estocolmo. O material, bilíngue, continha uma breve descrição da sua obra:

Os quadros orgulhosamente apresentados nesta exposição patrocinada por Sua Alteza Real, Gustavo VI, Rei da Suécia, e por sua amada esposa, Nossa Rainha, patrona das artes e da cultura, Luísa Mountbatten, são de autoria de um pintor fabuloso da nova geração das artes plásticas do Rio de Janeiro e do Brasil. Suas telas, vivas, intensas, ricas, multifacetadas, exibem cenas cálidas, marcantes e altamente representativas da vida carioca, as quais traduzem o verdadeiro sentido da brasilidade e da existência sob os Trópicos. Vai daí, pois, os usos, nas obras aqui expostas ao nosso amado público patrono das artes e da cultura, de técnicas rústicas, de cores fortes e intensas, próprias, aliás, do espírito naïf e ingênuo, da concepção artística autêntica, primitiva e selvagem, radicalmente descomprometida com a consciência acadêmica, revelada por seu autor.

Com sua compreensão apenas razoável daquilo que lia, ele até achou elegante o texto que descrevia seu trabalho, mas, por outro lado, não soou bem aos seus ouvidos o uso de palavras como "rústica", "descomprometida", "ingênua", "primitiva" e "selvagem". Elas pareciam, ele pensava, não fazer jus a uma tarefa que lhe estafava, que lhe consumia tanto tempo, que lhe dava tanto trabalho. (Ele jamais se auto representou como artista, mesmo quando se referiam a ele desse modo. A ideia que fazia de si mesmo, e consequentemente da sua pintura, assemelhava-se mais a de artesão.). Apesar de entremeadas a rasgados elogios, as palavras que o embaixador utilizara para descrever sua obra lhe pareciam as mesmas palavras indecentes e grosseiras que seu pai usaria para descrever seus quadros.

Contudo, como fizera ao longo de todas as suas vidas passadas — e tal como faria ao largo das suas vidas vindouras —, ele concordou com os termos do folder, elogiou-os à secretária da embaixada, e assentiu com o material promocional da sua exposição em Estocolmo. Naquela circunstância, enquanto falava ao seu estilo — baixo, discreto, comedido —, ele notou que a secretária da embaixada olhava admirada não apenas para seus quadros, mas também para sua pessoa hercúlea, apolínea, para seus olhos verdes-azulados e, indiscretamente, para o seu baixo-ventre. Como estava acostumado a se aproximar das mulheres de forma acintosa, ele notou que a sueca parecia não resistir à sua aproximação e demonstrava um vivo interesse, expresso sobretudo por seus olhos acesos e cintilantes, por sua respiração entrecortada, em se atracar com ele ali mesmo, sem pejos, como outras tantas já tinham feito.

À sua aproximação, a secretária da embaixada, com efeito, abriu-se como uma flor, ao mesmo tempo que ele, perdendo completamente a cabeça, tirou a roupa apressado, afobado, sem medir consequências, sem pensar no que estava fazendo. Uma vez nus, em poucos minutos passaram das carícias iniciais e preliminares ao sexo bruto e selvagem praticado sobre a velha marquesa, cujo ranger era passível de ser escutado a muitos metros de distância.

Quando ele e a secretária da embaixada concluíam a consumação de um sexo tão selvagem e primitivo quanto seus próprios quadros, sua mulher e seus dois filhos adentraram no ateliê desavisadamente. Na pressa, na afobação diante da sueca — a ruiva mais ruiva que ele tinha visto na vida, ou ao longo das suas tantas vidas conti-

72

das numa vida só —, ele esquecera de trancar a porta e de colocar a placa singela que avisava não apenas das suas saídas, mas também das suas fugidas, das suas escapadelas. A cena que se seguiu àquele flagra insólito e corrosivo foi quase indescritível. Sua esposa mulata, bonita, bonachona, faladeira e gostosíssima, rodeada por seus dois filhos pequenos — que olhavam à sua volta sem nada entender —, atracou-se com ele e com a secretária da embaixada de uma só vez, como se tivesse não apenas dois braços e duas pernas, mas tentáculos incontáveis e imprevisíveis. A secretária da embaixada, nua em pelo, pelos ruivos e flamejantes ao sol — tanto os da cabeça como os que tinha mais abaixo —, desceu o terreno em declive do ateliê em franca disparada. Por um momento, ao vê-la correndo colina abaixo, desca-belada, sôfrega, alarmada, ele até chegou a esboçar um sorriso. (Afi-nal, ele pensou de dentro da sua bolha, a cena tinha lá a sua graça.). A sueca ainda conseguiu carregar debaixo braço, num bolo confuso e revirado, sua saia, sua blusa, sua calcinha, suas meias e seus sapatos. Parecia uma fundista: jamais uma mulher correra daquele jeito, e nua em pelo — ele pensou, risonho, como se não estivesse ali.

O resultado daquilo tudo foi o desquite. Não adiantou argu-mentar com a mulata bonita, bonachona, faladeira e gostosíssima que ele jamais tinha visto aquela mulher antes — o que era a mais pura verdade. Tampouco lhe valeu seus pedidos de desculpas e sua confissão de que estava arrependido e de que, dali por diante, iria se emendar. Ela, irredutível, não abriu mão de se separar, sobretudo à medida que ficou sabendo que cenas tórridas como aquela amiu-davam-se no ateliê do marido — um ateliê, ela apurou com seu faro aguçado de mulher ciumenta, que cheirava não apenas a tintas, fi-xadores e a thinner, mas também a sexo e sacanagem. Ela também soube por intermédio das suas amigas, que, como seu pai, ele comia todo mundo pela vizinhança e, fechando a possibilidade de toda e qualquer negociação, ela também teve conhecimento de que ele fre-quentava no mínimo uma vez por semana o apartamento da tia do jovem alto, louro, bronzeado. Esta última notícia, prestada por uma amiga que jamais arredava os pés do posto 9, foi a gota d'água.

73

Ele retirou seus pertences do apartamento da Anchieta, onde vivera por cinco anos, e comprou seu segundo apartamento: um quarto e sala no Flamengo. O apartamento da Anchieta, claro, ficou com a mulata bonita, bonachona, faladeira e gostosíssima e com os filhos — que jamais lhe perdoaram, lhe procuraram ou o compreenderam. Ao mesmo tempo, ele repartiu com a ex-esposa o que sobrou da herança do tio — alguns imóveis do Cachambi que ele tinha posto ao aluguel —, e concordou com o pagamento de uma pensão altíssima até que os filhos completassem vinte e um anos de idade — para desespero do seu advogado que, reiteradamente, lhe admoestou a jamais aceitar aqueles termos absurdos. Mas ele, como sempre, aceitou o acordo — como aceitava o que quer que fosse. Por outro lado, a mulata bonita, bonachona, faladeira e gostosíssima dificultou ao máximo seu contato com os filhos, artifício que se casou, de mais a mais, com sua inveterada indisposição para a paternidade. Assim, portanto, os filhos que teve com ela jamais conviveram com ele, jamais o procuraram, e cresceram sob o signo da infâmia sob a qual terminara seu primeiro casamento. Ele mal os viu ao longo da sua vida, ou das vidas que teve daí pra frente, razão pela qual envelhecia só, ou quase só, no apartamento da Nossa Senhora de Copacabana. Ao menos um dos seus filhos — uma filha, fruto da sua terceira união —, jamais lhe abandonou por completo.

Décimo segundo

Por insistência da tia do jovem alto, louro, bronzeado, ele começou a enviar seus quadros para salões de arte que aconteciam por todo o país. Contudo, depois que suas obras eram aceitas, ele tendia a se arrepender até o último fio de cabelo por ter lhe dado ouvidos, pois detestava tudo o que acontecia dali por diante. Ele não suportava a "corja" de gente presunçosa, maçante, invejosa, gente decididamente petulante, metida a besta, como ele dizia, que se reunia em torno dos salões: críticos, jornalistas, professores de arte, diretores de salões, *marchands*, os próprios pintores. Ele não suportava a ideia, para ele absurda, sem nenhum sentido, de que muitos diretores de salões fossem também "artistas", e concorressem com ele e com os outros pintores nos próprios salões que dirigiam. Ele achava aquilo um total contrassenso. Ao mesmo tempo, ele desconfiava do público que frequentava esses certames artísticos: para ele, um bando de aduladores empertigados, uns narizes-empinados, uns dândis que jamais haviam suado a camisa e que não entendiam nada do trabalho danado que a pintura dava.

Com raras exceções, os pintores também eram, a exemplo dos frequentadores dos salões, dândis bem-criados. Em geral nascidos nos bairros elegantes da Zona Sul, os pintores falavam um dialeto que só eles, os críticos e seus "mestres" compreendiam. A maior parte havia estudado na Escola Nacional de Belas Artes — de onde se conheciam —, sabiam falar outras línguas, e já tinham feito estágios no exterior — principalmente na França e na Itália. (Até os quase trinta anos, ele sequer tinha saído do Rio de Janeiro.). Sempre que podiam, os pintores concorrentes e bem-nascidos falavam com gosto, com empenho, em alto e bom som, sobre as instituições que haviam frequentado no exterior. Adoravam contar histórias divertidas sobre as vicissitudes que passaram em Florença ou em Paris por causa da bolsa paga em réis e sempre com atraso, sobre as difíceis relações com os mestres e pintores estrangeiros, sobre as extravagantes exposições que tinham assistido. Entremeavam suas narrativas sobre o "estran-

75

geiro", como diziam, com gargalhadas colossais, ou com gestos que simulavam o assombro e a admiração pelo que viveram, viram e ouviram ao longo da formação europeia.

Os críticos escreviam para importantes diários do Rio de Janeiro e também publicavam suas matérias em cadernos de arte e cultura que saíam aos sábados. Se apresentavam como pessoas exigentes e envaidecidas do seu ofício. Ele, contudo, não compreendia como aquelas pessoas podiam viver da arte sem fazê-la, sem praticá-la, sem nunca ter tocado em tinta, em telas, em pincéis, sem nunca ter posto os pés num ateliê. Elas não sabiam, ele ruminava, como ou porquê se pinta um quadro. Ele concebia, enfim, que críticos sabem apenas falar, se expressar, escrever, colocar no papel — que, para ele, aceitava qualquer coisa — o que lhes dava na telha. E nada mais. No entanto, ao falarem de "filosofia", de "estética", de "estilos", de "escolas" e de "tradições" das quais ele nunca ouvira falar, os críticos criavam em torno de si, em torno das suas arengas, das suas falações eloquentes diante dos quadros, enquanto perambulavam daqui pra acolá pelos corredores dos salões, uma aura que apenas os pintores e seus quadros deveriam emanar. Os críticos, para ele, apenas gostavam de classificar e rotular tudo que viam pela frente a partir de critérios que pareciam sair do nada, critérios que, conforme seu entendimento precário das coisas e do mundo, do seu juízo parco e canhestro, ou eram inventados ali mesmo, diante dos quadros expostos, — enquanto andavam daqui pra lá, de lá pra cá, fumando uma cigarrilha ou um cachimbo, mãos no queixo ou cruzadas sobre o peito, ou, ainda, postas para trás, nas costas, em poses que lhes conferiam um ar professoral e sabedor das coisas —, ou eram criados diante do papel em branco, enquanto escreviam seus artigos e suas colunas semanais em redações abarrotadas e confusas. Seus critérios eram, em suma, frutos de ideias que lhes vinham subitamente à cabeça e que serviam apenas para preencher de frases inúteis e verborrágicas os bastos, copiosos e incultos calhamaços em branco que tinham pela frente.

O público — os "amantes das belas artes", como se referiam os periódicos — era formado, também em sua visão, por uns tipos detestáveis, soberbos, pretensamente entendedores de arte, supostos apreciadores de quadros e de esculturas que avaliavam o trabalho suado dos outros a partir ora da distribuição farta e generosa de elogios consagradores, ora da atribuição de defeitos e depreciações sugeridos através de comentários ao mesmo tempo sutis, sarcásticos, mesquinhos e maledicentes. Em suas avaliações apressadas e concertadas — pois, quando um "amante das belas artes" enunciava um conceito, um valor, ou todos discordavam dele, ou todos, em uníssono, assentiam com ele, transformando aquela ideia, aquele juízo, num piscar de olhos, instantaneamente, ou numa mentira deslavada, ou numa verdade absoluta —, eles podiam enaltecer e consagrar um pintor ou um escultor, conferindo-lhe fama, prestígio e, quem sabe, dinheiro, ou podiam escarnecer e ridicularizar sua obra até as últimas consequências, convertendo-o, súbito, aos olhos de todos, num néscio, num estúpido, num idiota qualquer. Todos que faziam parte do público "amante das belas-artes", como se escrevia a respeito dessa fauna nas colunas, nos cadernos dedicados à arte e cultura, pareciam se conhecer, tal como ocorria com os críticos, com os *marchands*, com os pintores egressos da Escola Nacional de Belas Artes, com os donos de galerias.

Todos os "amantes das belas artes", frequentadores dos salões, tinham nomes pomposos, eram brancos, filhos de boas famílias, e alguns eram muito, muito ricos. Dentre estes, se inscreviam os colecionadores. Ele achava incompreensível que houvessem colecionadores proprietários de cem, cento e cinquenta, duzentos quadros, que, ao longo da sua vida, ou da vida dos seus pais e avós, formavam aquilo que era chamado de "acervo particular" — uma noção que, em seu círculo, os colecionadores repetiam à exaustão. "Por que ou para quê ter tantos quadros empilhados, embalados, atirados a um canto, sem que ninguém possa vê-los, apreciá-los?", ele se perguntava, mesclando surpresa e indignação. Ele lembrava, ainda aborrecido com estes embates da sua juventude — embates absolutamente interiores, jamais externados, verbalizados ou cuspidos nas caras lisas dos filhos da puta de boas famílias. Ele também recordava, na solidão moribunda do apartamento da Nossa Senhora de Copacabana, que, na sua juventude de artista que se pensava artesão e na sua maturidade de artesão que virara artista, vira tantas vezes, sem entender, condoído por dentro, arrasado, solidário e consternado com a dor alheia, como avaliações apressadas, considerações prenhe de mal-entendidos, conceitos emitidos fora da hora ou do lugar, haviam, em poucos minutos, súbito, destruído trabalhos que ele considerava muito bons, de boa qualidade, trabalhos penosamente elaborados, sofisticados, arrastando consigo carreiras sólidas de pessoas que ele conhecia, que ele admirava, para o olvido, para o limbo, para o completo esquecimento. Essas pessoas que, do dia pra noite, caíam em descrédito, num desvão qualquer da memória, tinham que viver de outra coisa que não da sua arte, tinham que se virar de outro jeito, tinham que vender suas telas, cobertas pelo mofo e pelo bolor do esquecimento, por uma ninharia, pois ninguém mais acreditava na sua consagração ou em seu valor intrínseco, não porque não prestassem ou fossem mal feitas, fossem um lixo completo, uma nulidade. Não. Suas telas não valiam nada porque um dândi qualquer — outro artista, um crítico, um marchand, ou mesmo um idiota sem noção, um bem-nascido que fazia parte do público "amante das belas-artes" —, havia enunciado algum juízo supostamente estético que caíra na graça dos outros artistas, dos outros críticos, dos outros marchands, convertendo aquele juízo, aquele conceito, aquele enunciado maledicente e leviano em verdade absoluta. Suas obras, de uma hora pra outra, não valiam nada, não eram nada além de coisa abjeta, motivo de escárnio, de piada. O valor intrínseco de trabalhos que ele julgava tão vivos, tão intensos, tão penosamente trabalhados — como ele bem o sabia —, acabava por se converter em ninharia, em coisa nenhuma. Quadros que ele gostaria de ter pintado transformavam-se, assim, em coisa barata e insignificante. Bastava ser tocado por aquele enunciado difamador, por aquele juízo de execração, por aquela difamação que muitas vezes nascia apenas de rumores, de cogitações, de mal-entendidos, para que carreiras que ele considerava sólidas, consistentes, bem fundamentadas, acabassem em ruínas. Como podiam ser tão levianos, tão cruéis e, ao mesmo tempo, envergar tanta soberba e desfaçatez a ponto de destruir alguém, uma pessoa, uma alma, e sequer se dar conta do que haviam feito? — ele pensava.

Os salões eram, para ele, um tormento, um martírio, uma chateação sem fim, um ambiente hostil e corrosivo que apenas após a longa e pacienciosa admoestação conduzida pela tia do jovem alto, louro, bronzeado, ele aceitava participar. Contudo, por alguma razão que ele jamais compreendeu, seus quadros sempre foram bem aceitos e prestigiados nos salões de que participou. Ao mesmo tempo, ele sempre conseguiu bons preços por seus quadros, e rapidamente suas telas atravessaram primeiro as fronteiras dos estados da Guanabara e do Rio de Janeiro e, depois, do país, conferindo-lhe uma auréola de reconhecimento e de consagração, bem como uma posição consolidada no mercado das artes. Mal sabendo falar da sua arte — que ele acreditava, no fundo, tratar-se de um artesanato caro e bem-feito, ricamente elaborado, trabalhoso —, sem ter escolaridade alguma, sem ter referências de "mestres", de escolas, de academias, sem nunca ter tido acesso a bolsas para estudar e aprimorar suas técnicas no exterior, (Ele jamais ganhou ou mesmo teve chances de concorrer a uma bolsa nas várias exposições de que participou, nas quais suas telas sempre obtiveram menções honrosas, e nada mais. As bolsas, ele sabia perfeitamente, eram reservadas aos pintores brancos, nascidos em boas famílias cariocas, em geral dotados de alguma formação acadêmica, considerados os únicos artistas dignos de representar "o Brasil lá fora", como se dizia na época.), enfim, mesmo sem ter frequentado a Belas Artes, ele foi, à princípio, aceito pela *crème de la crème*, pela elite das artes plásticas carioca. Ele surgiu naquele mundo, antes de tudo, pelas mãos da tia do jovem alto, louro, bronzeado, como se fosse seu bichinho de estimação másculo, apolíneo, belíssimo. Foi ela que o introduziu nos meios certos, nas rodas que lhe poderiam ser favoráveis, nas melhores galerias, e que teceu comentários e elogios ao seu trabalho: comentários e elogios que rapidamente grassaram entre a "corja", como ele, mais tarde, passou a chamar os "amantes das belas artes", os críticos, os *marchands* e pintores nascidos nas boas famílias. A isso ele acresceu não apenas seus dons e talentos naturais para a pintura, ou sua bela, apolínea, hercúlea e desejada figura, mas, sobretudo, sua tristeza sublimatória: sua busca incessante pela beleza em meio ao caos, sua luta inglória contra as inconfessáveis dor e solidão infantis, que o fizeram pintar dia e noite, numa laboriosidade inconsciente, incessante e febril, e que em nada se parecia ou tinha a ver com a arte.

Mas havia ainda outra dimensão dos salões de arte que o atormentava, que o levava ao desespero: a eterna descrição, categorização e caracterização da sua obra como "*naïf*", "ingênua", de "concepção artística autêntica", "primitiva e selvagem", "radicalmente descomprometida com a consciência acadêmica", "singela" — entre outros adjetivos que lhe lembravam mais as reprimendas e humilhações paternas que elogios compatíveis com o imenso trabalho que tinha em cada tela, em cada quadro, mormente em seus painéis, cada vez maiores, cada vez mais ricos e elaborados, cada vez mais detalhados, painéis que recriavam cenas da Lapa, das suas ruas, dos seus arcos, dos seus casarões abandonados e sobretudo das suas putas. Além de "*naïf*", "ingênua", "autêntica", "primitiva", "selvagem", "sem consciência acadêmica" e "singela", sua obra, depois 1960 ou 1962 — ele não lembrava ao certo —, passou a ser ainda adjetivada de outra maneira: "figurativa". Fosse o que fosse o que aquela palavra quisesse evocar, ele não a aceitou bem — como não aceitava todas as outras palavras que descreviam e categorizavam o seu trabalho —, e não discerniu, à primeira vez que a leu, numa crítica publicada no *Jornal do Commércio* a uma de suas exposições individuais, que ela representasse positivamente sua obra. Para ele, a palavra "figurativa", desde então sempre presente às apreciações críticas das suas telas, era mais uma forma de depreciá-las, outra maneira refinada e incompreensível de diminuir aquilo que ele fazia, aquilo que ele pintava.

Ele teve certeza disso quando, por aqueles mesmos anos, encontrou seções diferentes numa tradicional exposição de artes plásticas do Rio de Janeiro da qual já havia participado em várias edições: a do Clube Militar. As seções da exposição de 1961 — agora ele lembrava bem, porque foi naquele mesmo ano em que conheceu sua segunda esposa — eram as de "pintura *naïf*", "pintura acadêmica", "pintura histórica" e "pintura abstrata", mas não exatamente nessa ordem de importância. A pintura abstrata era, naquela ocasião, no importante salão do Clube Militar, o carro-chefe, a vedete, a moda arrebatadora, o centro de todas as atenções — dos críticos presunçosos, dos jornalistas petulantes, do público "amante das belas artes" e metido a besta. As seções "pintura *naïf*", "pintura acadêmica" e "pintura histórica" jaziam esquecidas na periferia do salão, e os pintores, principalmente da chamada "pintura histórica", sequer eram visitados: ninguém se dirigia a eles ou às suas obras, e eles ficavam isolados, em seus cantos obscuros, próximos aos seus quadros gigantescos, aos seus murais intermináveis, que representavam batalhas campais, desfiles solenes de tropas militares, cenas interiores e grandiloquentes dos tempos da colônia e do império nas quais reis, príncipes e ministros de Estado assinavam tratados, constituições e acordos entre países. (Ele lamentava e se condoía de ver o salão cheio daquelas obras colossais, gigantescas, que, ele imaginava, davam um trabalho imenso para quem as pintava, sem que tivesse ninguém disposto a pisar naquela seção para vê-las, como se elas e seus pintores não significassem nada.).

Este, pelo menos, não era o caso da "pintura *naïf*". Embora um ou outro pintor abstrato lhe dissesse nos cafés e nos bares das redondezas que não havia sentido nas ricas e detalhadas molduras que ele confeccionava como uma parte indelével dos seus quadros, e que a arte abstrata, desde seu advento, havia acabado com aquele ranço do academicismo, que havia abolido não apenas a moldura, mas também o *paspatur* — uma vez que a pintura abstrata não impunha limites a sua tarefa de representar o mundo, não se conformava com enquadramentos, compartimentos, estruturas e gavetas, e defendia que os sentidos e os sentimentos que gravitavam em torno da existência humana deveriam ser manifestados sem a estreiteza encarnada naqueles artefatos aprisionadores —, ele sequer atentava para o que ouvia. A opinião dos pintores abstratos, por mais que tivessem o efeito de fustigá-lo, de ameaçá-lo, de gerar insegurança em seu espírito, jamais chegava, ao fim e ao cabo, a abalá-lo, ou a demover suas convicções simples, pueris, quase irracionais. Seu sentimento de autoconfiança vinha do fato de que sempre havia público "amante das belas artes" na seção de "pintura *naïf*". Ao mesmo tempo, naquele ano de 1961, como sempre acontecia, seu quadro mereceu uma menção honrosa — não no âmbito do salão como um todo, mas apenas na seção "pintura *naïf*" —, e ele recebeu dezenas de encomendas de compradores, que anotou lenta e pacienciosamente em seu caderninho vermelho. A "pintura *naïf*", ele se deu conta, estava em alta, e seu mercado aquecido: e, mais importante, havia um público tão *naïf* quanto as pinturas que compravam. Por aqueles anos, ele lembrava, apostava-se na autenticidade e na espontaneidade perdidas pelas pinturas acadêmica e histórica, então praticamente moribundas. Por mais que fossem rebuscados, detalhados, trabalhosos, tecnicamente exigentes, estes estilos pareciam agradar apenas às pessoas mais velhas, mais distantes das modas, das novidades do mundo das artes plásticas, e essas pessoas eram cada vez mais raras.

Ele também notou que, nos salões em que era aceito, havia um debate intenso e acalorado a partir desses anos, e que esse debate excluía por completo a "pintura *naïf*", e mesmo a "pintura histórica". O público estava cada vez mais dividido em torno dos seus próprios valores, dos seus juízos e do seu senso estético quando tentava decifrar os enigmas suscitados pela "pintura abstrata". Ele se deliciava com aquilo e, como lhe convinha, se eximia de opinar numa arena em que, a partir da introdução da arte abstrata, nada mais parecia fazer sentido. Tudo estava fora dos eixos, tudo parecia se desmanchar no ar — como ele leu, anos depois, num antigo manifesto comunista —, e a culpa era da "pintura abstrata" — ele concluía. Ele se refugiara na senda "figurativa" e no rentável nicho *naïf*. Apesar dos narizes empinados esgrimidos pela maioria dos pintores abstratos, sentia-se confortável, largo, ancho, e vivia comodamente com sua pintura e sua consciência cada vez mais "artística". Ele, como sempre soía, se eximia de emitir sua opinião, de adentrar na arena dominada pelos críticos, pelos professores de arte, pelos "mestres" e seus discípulos, pelos pintores acadêmicos, mas inclinava-se a pensar, em sua solidão, em seu mundo ensimesmado e privativo, que a arte abstrata era uma enorme, uma grande e incomensurável picaretagem. Não havia trabalho ali, ele pensava, trabalho artesanal, duro, complicado, soluções complexas, difíceis e detalhadas fundindo a cuca durante o largo tempo em que se ficava enfiado no ateliê. Não, nada disso. Na pintura abstrata, ele raciocinava, parecia haver apenas aleatoriedade, acaso, tintas jogadas na tela, sem moldura, sem enquadramento, sem ângulos definidos. Ele não compreendia o sucesso, o lugar privilegiado, o debate intenso, acalorado, que a arte abstrata galvanizava. Mesmo quando as figuras geométricas, as cores, as paletas de intensidade mais ou menos fortes, tenderam, como ele percebia, a conferir alguma densidade e estrutura àquele estilo, ele continuou apostando em sua aleatoriedade, em sua falta de sentido.

Mas ele jamais emitiu esta ou qualquer outra opinião. Preferiu se omitir, e negou-se por completo a impor seu gosto a outros artistas, ao público "amante das belas artes" ou a quem quer que fosse. Ele se sentia apascentado, pintava como se fosse condenado àquele ofício, e apenas queria entregar o maior número possível de encomendas aos seus tantos admiradores e compradores. Ele pressentia que o gosto do público amante das belas artes, a despeito do valor — que ele considerava exagerado — conferido à "arte abstrata", parecia, no fundo, continuar o mesmo. Ele jamais deixou de vender suas telas, e os salões e as exposições — apesar dos adjetivos que descreviam a sua obra, e que ele julgava depreciativos —, continuaram a ser referências importantes em sua carreira, a despeito do seu ódio visceral à "corja" que circulava em torno daqueles certames. Os salões lhe serviam muito bem, sobretudo para atrair compradores do país e do "estrangeiro", para inserir seus quadros num mercado que, para sua felicidade e para sua sobrevivência, continuava aquecido, continuava interessado pelo seu tema monocórdico: casarões abandonados, ruas escuras, árvores frondosas, arcos dos tempos coloniais, as putas da Lapa.

Décimo terceiro

A primeira vez que participou de um salão de arte na cidade de São Paulo, em 1961, ele conheceu sua segunda esposa. Como ela era uma paulistana arisca, branca, de boa família, bem de vida, que trabalhava como jornalista na TV e numa revista de grande circulação, ele levou muito tempo, anos, na verdade, para que ela assumisse perante todos, publicamente, sobretudo perante sua própria família, que o amava e que eles tinham uma relação profunda e duradoura. Ela, por outro lado, não era exatamente uma moça bonita: tinha um rosto redondo e gracioso, um corpo vigoroso e avantajado, cabelos crespos e abundantes, olhos vivos e castanhos, e um sorriso incrivelmente franco e espontâneo. Seu nariz, porém, era imenso e pontiagudo, sua boca e seus dentes eram muito pequenos, e ela era desajeitada e distraída. No entanto, ele jamais amou uma mulher como amou a essa paulistana arisca, branca, de boa família, que conheceu durante sua primeira exposição em São Paulo.

Nunca tinha ido a São Paulo, e achou a cidade feia, suja, barulhenta. Parecia uma enorme Zona Norte sem morros, um Meyer cheio de edifícios altos. Não havia praia, espaços abertos, o céu, amplidão. Desde que fora a Copacabana pela primeira vez, quando ainda era uma criança, ou desde que pisara pela vez primeira no posto 9, no Leblon, aos 19 anos de idade, nunca mais imaginou que pudesse viver longe do mar, ou jamais pensou que existisse uma cidade, uma grande cidade, que não tivesse praia. Quando, em sua morenice bela, esbelta, apolínea, revelou suas impressões — impressões tão inocentes e tão ingênuas quanto suas telas — sobre a cidade numa entrevista concedida a ela — que então cobria o Salão de Arte de São Paulo para a revista em que trabalhava —, ele se deparou pela primeira vez com seu sorriso franco, espontâneo, (também tão ingênuo quanto as suas pinturas), um sorriso tão belo, tão inspirador e tão sincero que ele se apaixonou perdidamente por ela por causa daquele sorriso. Quando sorria, covinhas surgiam de cada lado do rosto — as mais lindas covinhas que ele vira na vida — e tudo, todo o conjunto formado por ela — seu corpo avantajado, seus cabelos abundantes e encaracolados, seu ar distraído, e principalmente seu belo sorriso —, lhe pareceu absolutamente encantador e irresistível. Ele, no entanto, ainda era casado; era carioca: o que, na opinião dela — uma opinião arraigada na sua família ao longo de várias gerações —, era sinônimo de superficial e apressado. E, para completar, ele, embora belíssimo, era mulato.

Quando voltou ao Rio depois de conhecê-la, sentiu que, por alguma razão, não conseguia tirá-la da cabeça. Lembrava sempre dela, do seu sorriso magnético, das suas covinhas graciosamente dispostas em cada lado do rosto e, não sabia porquê, lembrava dela tão cotidiana e vivamente como se a tivesse visto no dia anterior, ou naquele mesmo dia. Embora essa sensação o acompanhasse todos os dias e todas as horas, ele sequer imaginava de onde aquilo provinha. Acontece que todas as noites ele sonhava com ela, mas não lembrava dos seus sonhos, e nem sequer sabia que sonhava. Seu sono pesado, não de artista, mas de artesão, o fazia tombar relativamente cedo, e sua vida boêmia estava associada aos fins de tarde e ao início da noite, às primeiras luzes de mercúrio acesas próximas à linha da praia. Embora não lembrasse, sonhava com ela a seu lado, caminhando à beira-mar, ou transando loucamente com ela na rede da tia do jovem alto, louro, bronzeado, diante da janela sobre o mar. Sonhava também com ela sentada a seu lado, apenas olhando-o pintar, no seu apartamento da Anchieta, ou no seu ateliê de Laranjeiras. Naqueles sonhos recorrentes lhe apareciam sempre, continuamente, como se fossem entes encantados, mágicos, o mesmo objeto de desejo formado por seu conjunto gracioso e o mesmo sorriso que o havia enfeitiçado, e, quando ele acordava, embora não lembrasse dos seus sonhos por causa do seu sono pesado de artesão, instaurava-se em sua vigília a sensação de que a paulistana arisca, branca, de boa família, estava sempre a seu lado, uma vez que sua lembrança, advinda dos sonhos esquecidos, jamais se esvaía.

Uma tarde ele se deu conta, súbito, dos seus sonhos recorrentes. Estava deitado na rede, na casa da tia do jovem alto, louro, bronzeado, com quem tinha acabado de fazer amor. Dormiu sem querer. Um cochilo com a brisa do mar vindo dos confins do oceano e adentrando pela janela aberta, junto com o barulho cada vez mais infernal dos carros que trafegavam lá fora. Foi um sono leve, ligeiro, uma breve ruptura da sua vigília, e talvez por isso ele viu surgirem das brumas imagens e sensações que lhe deram a plena consciência de que não conseguia esquecer a paulistana arisca, branca, de boa família, porque sonhava com ela todos os dias, todas as noites, todas as horas em que apagava, mesmo se fosse apenas um cochilo, estivesse em casa, no ateliê ou na rede em frente à janela sobre o mar.

Depois disso, ele teve a certeza sonâmbula — a mesma espécie de certeza que o fazia escolher as cores e os ângulos dos seus quadros — de que tinha que regressar a São Paulo para vê-la. A primeira vez que voltou à cidade suja, feia, barulhenta, a cidade grande que, inexplicavelmente, não tinha praia, ligou para ela do hotel onde se hospedou, no Largo do Café. Ela, que àquela hora estava na redação da revista, atendeu surpresa e feliz: perguntou onde ele estava. Ela lhe pediu para caminhar até o Vale do Anhangabaú, e lhe deu o endereço do café que ficava ao lado da redação da revista em que trabalhava. Ele caminhou até o endereço sentindo um aperto no coração. (Ele não sabia se aquele aperto tinha como causa aquele encontro tão sonhado, ou a desolação e o desamparo que lhe tomaram de assalto ao ver a paisagem que se descortinava ao atravessar o Viaduto do Chá.). Quando ele chegou ao café, ela já estava lá, radiante, olhos brilhantes, esperando-o, mas, à sua volta, havia pelo menos quatro ou cinco jornalistas, todos homens, de terno e gravata. Desceram com ela porque dera a hora de abandonarem a redação por alguns minutos e se refugiarem no café. Ele se sentiu incomodado, confuso. Não entendeu porque havia aquela balbúrdia, aquela babel no seu entorno. Ele, no entanto, compreendeu que ela era o centro das atenções daquele círculo — um círculo de jornalistas como ela, todos brancos, paulistanos, filhos de boas famílias, todos portadores de nomes complicados e estrangeiros, filhos e netos de imigrantes, um círculo de homens que, como ele, eram encantados por aquele sorriso irresistível, magnético: um círculo no qual ele, como quase sempre ao longo da sua vida, ou das suas muitas vidas contidas numa vida só, era um corpo estranho, um ser exótico, a planta adventícia extraída e trazida de uma selva remota, distante, selvagem, e transplantada e adaptada a um outro meio inteiramente novo, distinto, que longe estava de ser o seu.

Ele pensou em ir embora. Pensou em voltar ao hotel, em ir diretamente à rodoviária, trocar o bilhete que comprara na Cometa e voltar ao Rio antes da hora marcada: não suportava a solidão, a sensação de desamparo que então sentia. Ela pressentiu seu desapontamento quase trinta minutos depois — a maior parte do tempo tagarelando com seus colegas e admiradores, e rindo lindamente das suas piadas incompreensíveis e sem graça. Contudo, quando ela venceu sua distração, sua falta de tato, seus modos desajeitados e, finalmente, notou o desespero estampado em seus enfurecidos olhos verdes-azulados, estabeleceu-se entre eles uma conexão particular, apaixonante e inesperada. Ele, desesperado, atônito, pronto para partir a qualquer momento, foi consolado por sua mão quente e úmida, que lhe deteve e lhe afagou os ombros cansados, ao mesmo tempo que seus olhares se cruzaram, isolando-os do mundo. Todos os seus colegas, amigos e admiradores da redação, sua legião de fãs, todo o círculo do qual ela era o centro das atenções, que lhe cercava na hora do café como insetos em volta da lâmpada, foi aos poucos se esvaindo. Só ele e ela ficaram ali, calados, as mãos dela tocando as mãos e os braços dele, seus olhares cruzados e afundados em suas retinas.

"Por que você veio a São Paulo? Não entendi! Outra exposição que eu não fiquei sabendo?", ela perguntou com ares de distraída e, ao mesmo tempo, de interessada em sua pessoa e de jornalista que fareja notícias. "Só vim pra São Paulo pra te ver, nada mais", ele lhe disse, franco, sincero, seu olhar, agora calmo, sereno, penetrando no dela como uma súplica. "Só pra me ver? Mas, como assim? Você deixou tudo lá no Rio, teu trabalho, tua família, só pra me ver?". Ele assentiu com a cabeça, e lhe disse que, não sabia porquê, sonhava com ela todos os dias, todas as horas do dia ou da noite em que dormisse ou apenas cochilasse, estivesse onde estivesse. Seus olhos umedeceram e ela riu o riso mais franco e mais lindo que ele jamais tinha visto na vida, ou nas suas tantas vidas contidas numa vida só: as covinhas surgindo em cada lado do seu rosto que, a cada frase proferida por ele, ficava mais e mais enrubescido. Ela, desajeitada, sempre distraída, ainda derrubou um açucareiro no chão quando tocou mais uma vez em

87

seu braço, bem como derramou uma xícara de café sobre a mesa — uma xícara deixada quase cheia por um dos seus admiradores, um dos valetes da sua corte.

"E quem são esses que vieram contigo? Algum deles é teu namorado?", ele indagou, ao mesmo tempo sereno e enciumado. Ela não respondeu a princípio: apenas limitou-se a rir, não dele, mas da sua franqueza, da sua ingenuidade, da sua pergunta tão direta, tão sem meios-termos — seu rosto ainda mais enrubescido, seu nariz e sua testa suados, seu olhar ainda mais preso ao dele, sua mão ainda tocando o seu braço. "Não, seu bobo, nenhum deles é meu namorado. Eu não tenho namorado. Sou prometida, e estou comprometida, mas ele nem está aqui, está em Israel", ela lhe disse, rindo o riso mais lindo do mundo. "Como assim?", ele indagou, tirando mecanicamente, num reflexo impensado, seu braço do alcance da sua mão. "Eu mal o conheço, pois faz anos que a família dele foi pra Israel, mas eu estou comprometida", ela lhe disse, sempre rindo. "Mas isso é uma loucura!", ele sentenciou, grave, sincero, sem rodeios. "Não se deixa uma mulher bonita como você por aí, sozinha, sem ninguém. Isso é uma loucura sem tamanho. E esses caras todos à sua volta? Ele não tem medo de te perder?". Ela ria a não poder mais, as covinhas cada vez mais salientes em suas faces cada vez mais coradas. "É assim entre nós. Nossas famílias se unem, e a gente se compromete", ela disse, conformada.

Eles ficaram em silêncio até a voz dele, imponente, grave, sobrepor-se a todos os chiados vindos da rua, a todas as outras vozes que assomavam no café, a todos os ruídos da bateção de xícaras, copos e pratos que vinham da cozinha: "Eu quero ficar com você. Quero transar com você. Não sei onde. Acho que no hotel não dá. Mas não saio daqui sem que eu possa ter você mais próxima de mim. Quero você nos meus braços. Se eu pudesse te beijava à força aqui e agora". Ela olhou pra ele, atônita, seus olhos brilhando, em brasa, e riu mais uma vez. Mas, dessa feita, não era o riso franco de sempre, aberto, sincero, mas um riso travado, torto, descompensado: seus lábios tremiam nessas horas, e ela não sabia — nunca soube — como conter seus tremores, nem o que fazer com as mãos. Talvez pela primeira vez, ela se deu conta de que se apaixonava perdidamente por alguém. E, embora tivesse transado com quase uma centena de mulheres, ainda fosse casado com a mulata bonita, bonachona, faladeira e gostosíssima, e tivesse uma amante mais velha, bem estabelecida, rica, e moradora na Vieira Souto, ele jamais havia se apaixonado por quem quer que fosse.

Na verdade, ele, como ela, não sabia o que era a paixão ou qualquer sentimento parecido com o que se chama de amor. Para ele, as mulheres eram apenas o sexo bruto, suado, feito às pressas entre um quadro e outro: seres interessantes, prazerosos, mas indiferentes, cheios de gostos e vontades — um passatempo custoso e complexo, porém do qual ele, depois de conhecê-lo, jamais abriu mão. Sonhar com aquela mulher que estava diante dele todos os dias e todas as noites, imaginá-la à distância, desejá-la com todas as suas forças, atravessar o longo deserto através da Dutra, na ensandecida velocidade de um Cometa, só para vê-la, eram atitudes e sentimentos que lhe eram estranhos e, como agora, finalmente, lhe parecia claro, eram atitudes e sentimentos arrebatadores, incontornáveis, fortes ao extremo, mais fortes do que ele. Quando lhe disse o que lhe disse e ela ouviu o que ouviu, eles ficaram um tempo sem dizer nada: apenas os olhares cruzados falando um ao outro. Foi então que, súbito, ela tomou suas mãos e disse, tresloucada, como se não conhecesse a si mesma: "Vamos" — e, semiconscientes, corações aos saltos, eles saíram em direção à praça da República. Depois entraram num hotel qualquer, alugaram um quarto malcheiroso e barulhento, fizeram amor até a meia-noite, quando, então, ela se levantou, se lavou e, silenciosa, discreta, pisando na ponta dos pés, partiu, deixando ao seu lado, na cama, um pequeno bilhete:

Durma bem e sonhe comigo. Quando puder, volte. Estou te esperando. Beijos e mais beijos.

Ele dormia seu sono de pedra — não de artista, mas de artesão —, e certamente sonhava com ela.

Décimo quarto

Quando ele voltou ao Rio, sua vida começou a virar do avesso — ou, mais precisamente, ele começou a ingressar numa outra vida. Todos os meses, uma vez por mês, ao menos, ele ia a São Paulo para ver a paulistana arisca, branca, de boa família, bem de vida, e, sem o saber, sem quaisquer disfarces ou subterfúgios, passou a amá-la com todas as suas forças. Ela o perseguia em seus sonhos, e sempre se fazia presente, estivesse ele onde estivesse. Contudo, ele não fazia a menor ideia da força e do tamanho do amor que sentia por ela: afinal, ele jamais amara uma mulher ao longo da sua vida — ou das suas tantas vidas contidas numa vida só —, e nunca se apaixonara por nenhuma das suas amantes, namoradas ou mesmo por sua esposa, a mulata bonita, bonachona, faladeira e gostosíssima. Na verdade, ele não amava sequer a si mesmo: seu desamor próprio era vasto, profundo — tinha raízes abissais e inalcançáveis.

Entretanto, intuitivamente, ele cultivou o amor — um sentimento que ele sequer sabia que existia, ou que pudesse existir — que tinha pela paulistana arisca, branca, de boa família, bem de vida, e a foi cativando com seu jeito simples e direto de ser — um jeito diferente dos tantos homens cheios de salamaleques, floreios, mesuras e circunlóquios que viviam em seu encalço. Ao mesmo tempo, ele, com seus olhos verdes azulados incrustados em sua morenice, com sua figura de príncipe, de aristocrata do morro, com sua beleza apolínea, máscula, cada vez mais saliente em sua idade adulta, foi, sem que soubesse como, nem porquê, controlando pouco a pouco o ímpeto e a brutalidade do seu sexo, e introduzindo em seus encontros com a paulistana arisca, branca, de boa família, bem de vida, um repertório intuitivo de carícias e atenções às partes recônditas do seu corpo opulento, de curvas generosas, de bunda farta, branca e macia. Mas era um amor passageiro, furtivo, feito às pressas, em hotéis baratos, longe dos olhos de todos. Em compensação, a paulistana arisca, branca, de boa família, bem de vida, sabia como deixá-lo completamente louco na cama, sedento por suas carícias, e tinha truques sutis, elaborados e complexos de modo a não engravidar: usava permanentemente um diafragma, contraceptivo que, por aqueles anos, começava a se disseminar entre as mulheres da classe alta, e do qual ele nunca ouvira falar.

Aos poucos, ele foi se aborrecendo com sua rotina paulistana e, por essa razão, eles começaram a se desentender e a brigar. Ela sempre o apanhava em seu Fusca no terminal Tietê e, dali, eles seguiam até a agonia do centro de São Paulo. Naquela balbúrdia confusa e caótica, naquele vai-e-vem de carros, pessoas e viadutos, buscavam um quarto no mesmo hotel do Largo do Arouche para onde tinham ido pela primeira vez em que fizeram amor. Os encontros duravam poucas horas. Geralmente, ela saía da redação da revista, no Vale do Anhangabaú, no final da tarde para recolhê-lo à porta do terminal Tietê por volta das cinco e meia. Daí eles seguiam até o hotel: faziam amor até as oito, nove da noite, e depois comiam uma massa, de preferência um nhoque — a massa preferida dela — numa cantina qualquer do Largo do Arouche. Pouco antes da meia-noite, ela o devolvia ao terminal Tietê, onde ele tomava o Cometa de volta, de maneira a chegar ao Novo Rio ainda nas primeiras horas da manhã. Como ele saía e voltava para seus encontros paulistanos sempre do ateliê de Laranjeiras, era como se tivesse dormido por lá, na sua velha marquesa, como fizera tantas vezes ao longo daquela vida contida dentre as tantas vidas que tivera.

Ele perguntava porque não podia ficar mais tempo com ela, porque eles não podiam passear por São Paulo, conhecer os monumentos, os museus, ir a outros restaurantes que não aqueles de sempre, e porque nunca iam além do Largo do Arouche. Ela o acariciava, o beijava, cativava-o com seu sorriso largo, magnético, enrubescia-se, e sempre arranjava uma desculpa, em geral patética, esfarrapada, para lhe dar, a qual, como sempre, ele ouvia calado, sem contestar — como fez, aliás, diante de todas as desculpas patéticas e esfarrapadas que ouvira ao longo da vida, ou das muitas vidas que tivera — mas, e cada vez mais, ele a ouvia com impaciência, de má vontade, cara de poucos amigos. Ela, na verdade — e isso ela jamais lhe confessou —, não queria ser vista com ele. Ela — cuja sinceridade plasmara-se apenas em seu sorriso —, temia até mesmo seus encontros à porta do Tietê, ou suas caminhadas pelo acanhado perímetro do Largo do Arouche. Ela, portanto, vivia uma vida esquiva, não-assumida, às escondidas — uma vida dupla, por assim dizer —, e uma porção considerável das coisas que vivia ou pensava era sistemática e hermeticamente ocultada, ou omitida, ao longo dos intermináveis inquéritos aplicados pela escrupulosa e sufocante família da qual fazia parte. (Ele era apenas mais uma dentre tantas outras coisas ocultas, mais um dentre os tantos mistérios da sua vida dupla e esquiva.). Ademais, havia um homem comprometido com ela, judeu, como ela, e que morava num kibutz em Israel: um soldado fortemente armado que, ao mesmo tempo, era agricultor nas terras conquistadas por seu povo a um outro povo, filho de um outro Deus.

Eles viveram essa situação transitória e precária, essa duplicidade, esse caso aéreo, suspenso, provisório, por três longos anos, ao cabo dos quais ele começou a esparsar suas visitas a São Paulo — primeiro por dois meses, depois por três meses, e, por fim, por seis meses seguidos. À mesma época em que ele começou a desaparecer lentamente daquele convívio esquivo e mal vivido, seu casamento com a mulata bonita, bonachona, faladeira e gostosíssima chegou ao fim naquele fatídico dia em que ele foi flagrado com a sueca, ambos nus em pelo, sobre a velha e rangente marquesa do ateliê. Também por essa época, sua relação com a tia do jovem alto, louro, bronzeado havia, finalmente, flectido para uma amizade em que o sexo não tinha mais sentido, nem lugar: o envelhecer dela cessando quaisquer veleidades alimentadas desde a perda da sua virgindade.

(Há muito tempo que a tia do jovem alto, louro, bronzeado, tentava demovê-lo do sexo selvagem e efusivo que eles compartilhavam há quinze anos. Ela tinha consciência de que envelhecia, e que, com o passar dos anos, mais e mais não se fazia atraente não apenas para ele, mas também para todos os homens com os quais dormira ocasionalmente. Mas ele insistia, quase a obrigava, a se deitar a seu lado, a fazer amor nos finais de tarde, nas horas que soía visitá-la. Numa dessas tardes, depois de um almoço no Veloso, ele insistiu em fazer

92

amor na rede — coisa para ela impensável àquela altura da vida. Ela, que sempre se mirava no espelho e se via não como se imaginava, mas como realmente era, que enxergava claramente, sem disfarces, no que tinha se transformado, tinha plena consciência — uma atroz, brutal consciência, aliás —, de que, distintamente de dez ou vinte anos atrás, ao invés de músculos firmes, rijos, fortes, exibia, agora, estrias, peles disformes, decaídas ao longo dos seus braços e entre suas coxas. Para ela era igualmente indisfarçável que sua barriga, outrora firme e batida, estava agora protuberante, mole, saliente, ressaltando-se ainda mais em decorrência da sua magreza extrema e calculada. Ela também percebia, e com aguda clareza, os sulcos sob seus olhos, suas rugas, que assomavam por todo o seu rosto muito branco, de olhos quase tão claros quanto os dele. Suas pernas, também outrora firmes e carnudas, pareciam agora envergar e desfalecer sob o peso dos anos, e sua bunda, que um dia fora tão suculenta e empinada, agora jazia caída, flácida e enrugada, sob a ação dos mesmos efeitos desoladores que se abatiam sobre o que antigamente tinham sido os seus lindos peitos.

A tia do jovem alto, louro, bronzeado, sabia perfeitamente que não poderia mais ser desejada quanto fora quinze ou vinte anos atrás. Ela, contudo, não temia as ameaças, os estragos e os efeitos do tempo: como carioca da gema, frequentava o posto 9 com o mesmo top e a mesma tanga de vinte anos atrás, expondo a todos, sem vergonha, pudor ou constrangimentos, os irreversíveis e degenerados sinais do envelhecer. Ao mesmo tempo, a tia do jovem alto, louro, bronzeado, não se preocupava com suas rugas, não tingia seus cabelos de modo a parecer mais jovem, não fazia as cirurgias plásticas a que sua irmã, a mãe do jovem alto, louro, bronzeado, se submetia a cada ano. Não. Nada disso. Ela apenas envelhecia e, até quanto isso fosse possível, digna e prazerosamente. Apenas sentia seu corpo diminuir, se encurvar, perder o ritmo, cair de cansaço por quase nada, desfalecer, perder a vitalidade, e tornar-se um peso, um fardo difícil de soerguer, de sustentar. Infelizmente, para ele — sempre irrefletido, sonâmbulo, sempre imponderado quando se tratava do sexo, das mulheres e das investidas sobre elas

—, o sexo com ela era um ato automático, mecânico, tão recorrente que se tornara natural: uma segunda natureza, a segunda pele de uma relação cujo começo já se perdia nas brumas do tempo.

Naquela tarde em que ela tentou demovê-lo, e ele, maquinal, animalesco, inconsciente dos seus atos, como quase sempre, tentou transar com ela na mesma rede, na mesma sala, e diante da mesma janela sobre o mar, aconteceu o que ela temia há tantos meses, senão há tantos anos: ele brochou irremediavelmente diante do seu corpo velho, flácido e alquebrado porque ela, embora fosse a mesma mulher, era, ao mesmo tempo, outra pessoa, outro ser humano, então transformado pelo envelhecer, ao passo que ele, embora fosse diferente da pessoa que era quando transaram pela primeira vez naquela mesma sala, naquela mesma rede e diante daquela mesma janela sobre o mar, ainda era o mesmo garoto — agora transfigurado em homem, em adulto — que conhecera outrora. Se ela não conseguiu demovê-lo através dos artifícios da cultura e da civilidade — atributos que, ela julgava, tinha de sobra —, a natureza acabou por lhe fazer as vezes, inventando e perpetrando cruelmente, como é do seu feitio, a sua parte, ao desnudar o desinteresse que o corpo dele, ainda jovem, demonstrava por seu corpo flácido e envelhecido. Contudo, e desde então, a amizade e o carinho que nutriam um pelo outro cresceram, e até se tornaram mais fortes: amizade e carinho que ele cultivou por toda a vida, ou pelas tantas vidas que teve desde que a conheceu, até a morte dela, na mesma sala, diante da mesma janela sobre o mar, mas distante da rede onde fizeram amor por tantas tardes.).

Depois dos dois eventos que reviraram sua vida pelo avesso, ou que o fizeram ingressar numa outra vida, totalmente distinta da precedente — o fim do seu casamento de cinco anos com a mulata bonita, bonachona, faladeira e gostosíssima, e o ocaso da longa vida sexual que tivera com a tia do jovem alto, louro, bronzeado —, ele passou seis meses sem ir a São Paulo e, portanto, sem ver a paulistana arisca, branca, de boa família, bem de vida: não suportava mais viver com ela uma relação dúbia, furtiva, improvisada, às escondidas, encoberta. Por essa época, ele seguia na mesma toada ascendente das vidas imediatamente passadas: pintava compulsivamente, enviava seus quadros para salões de arte e para mostras que aconteciam por todo o país, e promovia exposições individuais em várias galerias de renome. Aos trinta e cinco anos de idade, seu nome era sobejamente conhecido no mercado das artes e, em matéria de reconhecimento e aceitação da sua estética — uma palavra cujo significado ele jamais compreendeu perfeitamente —, ele não tinha do que se queixar. Ele era famoso e, ao mesmo tempo, continuava apolíneo, esguio, musculoso, terrivelmente bonito, seus olhos verdes azulados incrustados em sua morenice ainda mais vivos, chamativos e atraentes que em sua juventude. Para coroar sua nova vida, mulheres afluíam aos borbotões à sua toca, que agora compreendia não apenas seu ateliê em Laranjeiras, mas também seu novo apartamento, recém-adquirido, na Nossa Senhora de Copacabana — de cuja janela era possível divisar, mesmo que fosse à distância, um Cristo solitário e esquecido.

Num daqueles dois endereços — em que recebia mulheres de todos os tipos, de todas as cores, de todas as classes, e as cortejava de forma tão rápida, tão bruta e tão pedestre quanto o próprio sexo que praticavam depois daquela corte apressada —, em meio à devassidão e à libertinagem que dominavam aquela sua vida, ele viu surgir do nada, esbaforida, suor pingando pela testa, e sobretudo condensado em gotículas minúsculas sobre o nariz adunco, a paulistana arisca, branca, de boa família, bem de vida. Por aqueles dias completara-se oito meses em que não se viam. Foi em seu ateliê, em Laranjeiras, numa manhã radiante de janeiro, quando fazia um calor insuportável e suarento desde as primeiras horas do dia, que ela adentrou trazendo uma bolsa numa mão e um livro na outra. Quando se viram, eles não se disseram nada: apenas se atiraram nos braços um do outro como se o tempo e o espaço jamais tivessem existido. Ela, discreta, comedida, quase silenciosa, chorava e soluçava baixinho. Ele, quando se deu conta, também chorava: foi pego de surpresa pelas lágrimas que desciam pela sua cara lavada. (Talvez tenha sido apenas nesse exato momento que ele compreendeu que a adorava, ou que padecia de um sentimento — o amor? — que jamais sentira ao longo da sua vida, ou das suas tantas vidas contidas numa vida só.).

Depois que fizeram amor na velha e rangente marquesa, eles caminharam até o aterro do Flamengo. Ali se sentaram num banco qualquer: um antigo banco de pedra escolhido a esmo, um banco encardido e sujo que ficava sob uma das tantas árvores do aterro. Foi ali, sob aquela árvore, sentados naquele banco frio e esmaecido pelo tempo, em meio ao movimento dos carros que circulavam entre a Zona Sul e o centro da cidade, que eles firmaram um pacto. Conforme este pacto, ele seria apresentado formalmente à sua família, em São Paulo, como seu noivo, e, daí por diante, estaria em todos os lugares em que ela estivesse, suas trajetórias e seus passos não mais se resumindo àquele hotel barato e imundo e às cantinas italianas do Largo do Arouche. Também conforme o pacto que firmaram, eles se casariam em São Paulo, mas morariam no Rio, em seu apartamento recém-adquirido da Nossa Senhora de Copacabana. Eles também pactuaram que ele teria uma vida regrada, monástica: nada de farras e, principalmente, nada de flertes, conquistas e casos fora do casamento. Eles não sabiam, não tinham a menor consciência, das suas enormes diferenças, mas, como dois tolos, como dois seres tocados pela ilusão e pela esperança, acreditavam — na verdade, tinham certeza —, que se amavam. O tempo, e só o tempo em seu indeclinável devir, mostraria se o que eles firmaram e pactuaram naquela manhã bolorenta de janeiro, sentados num banco de pedra qualquer do aterro do Flamengo, tendo as árvores, os carros e a enseada de Botafogo por testemunhas, iria se concretizar.

Décimo quinto

Era um fato patente para ambos, mas sobretudo para ele, que a família dela jamais condescendeu, aceitou ou mesmo suportou sequer a ideia de existir um vínculo amoroso entre eles: aquele idílio passageiro e tresloucado com um gói — que ainda por cima era negro —, depois transformado numa coisa séria e duradoura, numa união estável, era a coisa mais desassisada, absurda e desvairada que jamais se ouvira falar no seio da sua família antiga e de raízes fundas. (Seus pais haviam emigrado da Bélgica para São Paulo por volta de 1940, quando souberam que os judeus seriam, em breve, varridos da Europa pelas mãos dos fanáticos alemães. Até então, eles viviam em Antuérpia, onde seu pai exercia um tradicional ofício ali reservado aos judeus: a lapidação de diamantes — um ofício que dominara sua família há, pelo menos, cinco gerações).

Quando ela, seguindo à risca o pacto firmado num banco de pedra do aterro do Flamengo, finalmente cumpriu sua promessa, foi buscá-lo na rodoviária Tietê e o levou em seu Fusca ao apartamento em que morava com a mãe e o irmão. (Seu pai havia falecido poucos anos antes, de infarto: um ataque fulminante o fez cair morto sobre o livro-caixa da banca de importação e exportação que, dia e noite, ele operava.). A ideia era que passassem um final de semana juntos, ocasião em que ele, enfim, seria apresentado à sua família. Quando ela, em sua companhia, adentrou ao apartamento familiar, o choque foi imenso e profundo. Sua mãe estava em casa — "casa", por assim dizer: era um apartamento na avenida Angélica de mais ou menos quatrocentos metros quadrados que, além de faustuosamente mobiliado, contava, desde sua entrada, com mordomo e outros criados devidamente uniformizados —, e teve o desprazer de ver a filha, há anos prometida a um bom pretendente, um moço judeu, entrar em sua residência na companhia de um indivíduo qualquer, de um homem de origem obscura, um homem negro, um gói, que, para coroar, era carioca. Ela, suarenta, olhos quase vesgos, rubra, rindo nervosamente sem parar e sem a menor graça, visivelmente envergonhada diante da mãe de olhos chispantes, ainda tentou esboçar uma apresentação formal do noivo, mas a mãe, visivelmente contrariada, lhe deu as costas solenemente, e se retirou da sala imensa — onde jaziam todo tipo de móveis antigos, muitos com tampos de mármore de Carrara, e variados tipos de menorás e de lustres —, dirigindo-se a algum cômodo nos confins daquela vastidão vazia e apenas povoada por criados discretos e silenciosos — que, aliás, se mostravam tão contrariados quanto a patroa.

Ela, agora também contrariada, quase enfurecida, seguiu a mãe pisando firme sobre o assoalho de madeira maciça até aqueles aposentos longínquos e, ali, as duas, ocultas aos olhares de todos, começaram uma discussão travada aos berros. Era possível, contudo, ouvir partes do ríspido diálogo em todo o apartamento. A mãe, aos brados, reprisava os mesmos bordões ditos em outras ocasiões, os quais, agora, eram atualizados em face das novas circunstâncias: "Você vai me matar, como matou a seu pai! Um homem negro? O que este negro está fazendo aqui? Diga: o que ele está fazendo nessa casa? Você enlouqueceu de vez? Trabalhar fora, se ocupar, ir todos os dias a um emprego de jornalista — onde já se viu? — me pareceu intragável, mas aceitei. Mas trazer um gói, um negro, a esta casa e ainda por cima ter a audácia de apresentá-lo como seu noivo, é o cúmulo dos cúmulos, um absurdo, um disparate sem o menor cabimento! É inaceitável, inconcebível!".

(Enquanto ouvia as invectivas de uma sogra que o não queria ter como genro, ele lembrou de várias situações que viveu ao longo da sua vida, ou durante suas tantas vidas contidas numa vida só. Em sua segunda exposição coletiva, realizada numa galeria de Ipanema por volta de 1958, os funcionários o confundiram, e por duas vezes, primeiro com o entregador contratado para transportar os quadros e, mais tarde, com um servente da limpeza. Em ambas as ocasiões, não apenas o fizeram entrar pela porta dos fundos, inclusive na noite do vernissage — o que ele aceitou, calado, como soía —, como também lhe destinaram um rodo, um balde e um esfregão quando estava postado diante da sua obra, tentando explicar a um colecionador as sem-razões que o levavam a pintar insistentemente o tema da Lapa, dos seus casarões semiabandonados, das suas ruas escuras, das suas prostitutas. Lembrava também que fora convidado para conversar com um famoso pintor porto-alegrense em maio de 1962 e que, ao se dirigir ao local combinado, fora barrado na entrada do café, o Lamas, então situado no Largo do Machado: tinha sido confundido por um dos garçons com um mulato que, tarde da noite, teimava em achincalhar os clientes e surrupiar seus pertences quando, ébrios, tomavam a direção da rua. Foi a tia do jovem alto, louro, bronzeado — que também se fez presente àquele encontro com o famoso pintor porto-alegrense —, que evitou um vexame ainda maior ao explicar que aquele jovem tímido, belíssimo, de olhos verdes-azulados, apolíneo, de boa figura era, na verdade, um "artista plástico", como ela disse aos garçons, fazendo-o assentir, enfim, com sua condição não de artesão, mas de artista, que, naquela circunstância, o livrava da de bandido. Ele lembrou igualmente que em festas, bares e restaurantes que frequentava pela primeira vez era sempre confundido com garçons. Uma vez, num bar de Ipanema, em frente à praia, uma senhora da alta sociedade carioca lhe ordenou, em alto e bom som, que lhe trouxesse mais um copo de uísque com gelo e, como ela já estava um tanto bêbada, deu um chilique furibundo quando ele fez vista grossa, ignorando seu pedido. A senhora da alta sociedade carioca pensou com seus botões que aquela recusa e indiferença tinham sido motivadas por seu estado recorrente de embriaguez e, por isso, decomposta, o xingou de "preto", de "negrinho metido a besta", de "negro insolente" e de outros epítetos que ele tinha ainda frescos na memória. Depois deste último evento ele pensou em partir do Rio de Janeiro — uma "cidade de racistas", como confidenciava apenas para si mesmo: em seu íntimo, tinha certeza de que todos discordariam dele e tentariam demovê-lo daquela apreciação baseada na sua própria experiência. No entanto, em abril de 1964, ele soube que a sociedade carioca não estava só: convidado para uma exposição coletiva em Salvador, ele fez, então, sua primeira viagem de avião e, na Bahia, já de regresso ao Rio de Janeiro, quando embarcou num Caravelle da Cruzeiro, dois funcionários de terra, ambos brancos e trajados de quepe e roupas de aviador, exigiram que ele, já sentado em sua poltrona e já devidamente afivelado, apresentasse mais uma vez seu cartão de embarque e seus documentos pessoais. Caso não reapresentasse seus documentos — disseram —, eles se veriam forçados a desembarcá-lo. Ele, como sempre, apenas assentiu com aquele pedido extemporâneo: engoliu em seco, como soía fazer, e apresentou os documentos. Só assim foi deixado em paz, sob os olhares atônitos dos demais passageiros — todos brancos, todos bem vestidos, todos filhos de boas famílias baianas e cariocas, salvo alguns poucos gringos que pareciam estar a negócios —, que jamais foram molestados. Dessa maneira, ele aprendeu, e a duras penas, que não adiantava mudar-se do Rio de Janeiro: ele era negro em qualquer parte, e talvez — ele o sabia agora —, o fosse sobretudo na Bahia. Finalmente, ele lembrou de todos os clientes adultos, machos e brancos que adentraram no ateliê de Laranjeiras: todos, sem exceção, o olharam sobranceiros, medindo-o dos pés à cabeça, narizes empinados, revelando aqui e ali, sutilmente, desconfianças e suspeições em relação ao seu trabalho ou, pior, a ele próprio. Uns trataram-no como um serviçal: torceram o nariz às suas ralas e difusas explicações, às suas justificativas para o fato de pintar com insistência o tema da Lapa, das suas ruas escuras, dos seus casarões semiabandonados, das suas árvores vetustas, das suas prostitutas. Outros, trataram-no como um artista, mas um artista preto, suburbano, menor: um objeto de curiosidade, uma aberração, um autodidata animalesco e exótico — tão exótico quanto seus olhos verdes-azulados incrustrados em sua morenice. Embora alguns tentassem regatear, baixar o preço das suas obras, acabavam abrindo a carteira e pagando o que ele pedia e, embora nenhum o chamasse de "preto", de "macaco" — como seu próprio pai o fizera inúmeras vezes —, estava estampado no rosto de cada um daqueles clientes machos, adultos e brancos que eles se sentiam superiores, melhores, bem nascidos e que ele era um ser inferior, pior, nascido nos cafundós obscuros do Rio de Janeiro. A cada cliente macho, adulto e branco que saía do ateliê de Laranjeiras, ele reforçava sua convicção de que jamais seria um artista, mas apenas mero artesão — e olhe lá.

Para ele, ao fim e ao cabo, a sogra que não o queria ter como genro — e que ele não queria ter como sogra —, inseria-se, portanto, numa longa tradição de vituperadores de impropérios e xingamentos, explícitos ou sutis, que tivera o desprazer de conhecer ao longo da vida, ou ao largo das várias vidas que tinha tido até então: tradição cujo fundador tinha sido, sem quaisquer equívocos, o seu próprio pai.).

Enquanto a discussão da qual ele era o pivô conflagrava sua futura esposa e sua futura sogra, ele sentou a um canto e, premido por sua habitual timidez, pediu ao mordomo, com sua tradicional voz baixa, quase inaudível, que lhe trouxesse um copo d'água. Embora tivesse compreendido perfeitamente seu pedido, o mordomo perguntou por três vezes o que ele realmente desejava. Na terceira vez, quando ele elevou o tom de voz, quase berrando "um copo d'água!", não apenas o mordomo parou de fingir que não o compreendia, mas também, coincidentemente, a discussão entre mãe e filha teve fim. Após alguns minutos ausente por aqueles cômodos longínquos e inacessíveis, a paulistana arisca, branca, de boa família, bem de vida, voltou à sala, o tomou pela mão e, tendo à outra mão uma pequena valise, própria para viagens breves, foi com ele a um hotel elegante do Jardim Paulista, onde se hospedaram por todo o fim de semana.

Ele só voltaria a ver a sogra que não queria ser sua sogra dois meses depois, quando, aliás, eles já tinham realizado uma pequena cerimônia de união consensual no apartamento de um casal de amigos, na Vila Buarque. O irmão da paulistana arisca, branca, de boa família, bem de vida, embora contrafeito, foi o único parente a comparecer àquela boda de araque. Alguns amigos da comunidade judaica e muitos dos seus colegas, mormente homens — seus inúmeros fãs e admiradores das redações —, participaram da cerimônia simples, sem arroubos, então promovida para celebrar aquele inusitado enlace. (Uma cerimônia tão discreta quanto a deselegante e malvestida vida paulistana.). Sua sogra recusou-se veementemente a comparecer "àquela farsa", como ela repetiu amiúde aos ouvidos atentos dos criados domésticos — os únicos que pareciam lhe dar

101

razão —, e nenhum dos seus parentes ou amigos do Rio de Janeiro apareceu para felicitá-lo. Naquela cerimônia improvisada, feita às pressas não porque, como é de praxe, a noiva estivesse grávida, mas porque era uma mulher tão tenaz e irascível quanto a sua mãe, de gênio tão forte quanto o dela, (As duas, na verdade, eram cópias fiéis uma da outra: embora uma fosse mãe e a outra fosse filha, embora uma fosse mais jovem e a outra mais velha, ambas tinham o mesmo porte físico, o mesmo nariz adunco, os mesmos cabelos castanhos claros e encaracolados, o mesmo andar, as mesmas ancas avantajadas, os mesmos gestos, trejeitos físicos e maneiras de falar, bem como a mesma teimosia, a mesma tenacidade e a mesma disposição para, encarniçadamente, enfrentar inimigos até a morte, até a batalha final. Agora, enfim, elas, mãe e filha, eram antagonistas, inimigas renhidas, o que remetia àquela relação filial, visceral e entretecida de carne e sangue, a um desfecho imprevisível.), naquela cerimônia improvisada, em suma, havia felicidade e júbilo na mesma proporção em que havia desconforto e dor. A noiva chorou repetidas vezes ao longo do ritual — como sói acontecer com todas as noivas —, pelas mais variadas razões: porque estava se unindo a alguém e, portanto, estava feliz; porque não sabia se estava certa ou errada ao se unir àquele homem; porque se deu conta, afinal, de que não sabia exatamente o que estava fazendo ali; e, principalmente, porque sua mãe não estava por perto, e não concordava com aquele consórcio insólito e descabido.

Seis meses depois da cerimônia, quando ela sentiu falta da mãe como se sentisse falta de um órgão vital — sentimento, aliás, semelhante ao que, à distância, sua mãe sentia na solidão infinita do seu apartamento da avenida Angélica —, elas finalmente fizeram as pazes após uma longa conversa telefônica. Imediatamente depois dessa longa conversa, a paulistana arisca, branca, de boa família, bem de vida, marcou uma viagem a São Paulo, ocasião em que, finalmente, sogra e genro seriam postos lado a lado — e não frente a frente, como se se tratasse de uma batalha campal. E, tal como haviam combinado ao telefone, a mãe se esforçou para ser cordial com o marido da filha, e até mandou preparar um jantar especial para aquela ocasião. Ele, contudo, como soía, pouco abriu a boca. Para quebrar o gelo, a sogra, tão desassisada quanto a filha, perguntou-lhe se era verdade que todos os negros andavam armados — nem que fosse com arma branca — no Rio de Janeiro. Ainda pior, e para arrematar, lhe indagou, sem pejos, súbito, bem ali, em sua requintada sala de jantar, diante do seu mordomo branco e careca e das suas inúmeras copeiras, todas também brancas e impecáveis, se ele estava armado. Ele, sem saber o que dizer, mas pensando se tratar de uma provocação, de um embuste, apenas olhou para a esposa que, corada de vergonha, o nariz repleto de gotículas de suor, ria sem qualquer graça. "Mãe, quanta imaginação!", ela sentenciou, ainda rindo nervosamente, ao passo que a mãe — sisuda, compenetrada, convicta do que dizia, com a certeza absoluta diante de todos os assuntos da vida que acomete a todas as pessoas abastadas—, apenas calou, enquanto, seguidamente, levava seu garfo de prata à boca.

Décimo sexto

Sua "união estável" com a paulistana arisca, branca, de boa família, bem de vida, foi ainda mais breve que seu primeiro casamento: não por causa das suas traições, casos fortuitos e paixões fugidias — nos quais, graças ao acordo que firmaram num banco de pedra do aterro do Flamengo, ele, até certo dia, não incorreu —, mas porque as diferenças que existiam entre eles eram simplesmente abissais. E, assim, quando superaram as objeções interpostas pela família dela e o "casamento" começou pra valer, suas diferenças, seus irreconciliáveis estilos, suas idiossincrasias, saltaram aos olhos e se tornaram mais e mais incontornáveis. Nos primeiros meses de convivência sob o mesmo teto ela sempre o irritava quando acordava sobressaltada a seu lado, ou se mostrava assustada quando cruzava com ele no corredor. Quando davam de cara um com o outro no banheiro, ela sempre fazia cara de espanto, de surpresa, e um misto de medo, asco e pavor dominava-a todas as vezes que ele, vindo de algum lugar, adentrava o quarto que partilhavam. Aquele pavor estampado em sua cara lívida, e principalmente em seus olhos, manifestava-se, evidentemente, contra sua vontade: como um mecanismo de defesa involuntário, atávico, ela se defendia, por assim dizer, de um ser que não era ele, em pessoa, nem ninguém em particular. Por mais tentasse, ela não conseguia controlar seu assombro diante da figura do marido que, súbito, lhe surgia onde menos esperava. Quando isso acontecia, ela apenas tentava disfarçar seu pavor e, nervosamente, sorrir, enquanto ele, cabisbaixo, sem dizer o que quer que fosse, como soía, apenas sentia na pele o mal-estar que seus medos recalcados, imemoriais e inconscientes lhe impunha no dia a dia compartilhado no apartamento da Nossa Senhora de Copacabana.

Ao mesmo tempo, ele não entendia porque, volta e meia, ela queria ficar só: se trancava no quarto por horas a fio, sem demonstrar qualquer interesse em lhe ver. Ele não fazia a mínima ideia de que ela, desde que se conhecera como gente, soube, institivamente, que seu ser radiante, sua exposição constante, sua aura e seu ser magnético, que atraíam particularmente aos homens — que lhe cercavam como moscas em volta da lâmpada —, deveriam ser contrabalançados com sua reclusão, com seu ocultamento, com seu quarto de recolhimento e solidão. Para ele, era muito difícil entender porque ela, vinda da rua, das suas aulas de pintura ou de cerâmica, dos seus clubes de conversação em francês, inglês e italiano, das exposições que frequentava — para seu profundo desprazer, pois tudo que se referisse ao seu *métier* e não o envolvesse diretamente o irritava —, ele, enfim, não conseguia entender porque ela, quando chegava em casa vinda da sua vida mundana, das suas longas caminhadas pela praia, sempre se trancava no quarto, apagava as luzes, fechava as cortinas, e se recolhia por uma ou duas horas sem dar um pio, sem dar as caras nem por um segundo. Vencido esse tempo de isolamento e solidão, ela reaparecia, tão radiante, tão aurática e tão magnética quanto antes. Ele, ingenuamente, relacionava aquilo à sua pessoa, ou ao apartamento que, pensava, era por demais pequeno e acanhado pra ela — que, literalmente, sempre viveu cercada de mordomias. Todavia, ela, ao contrário, adorava aquele apartamento miúdo, que enchera de livros, de plantas, de quadros — tanto os dele como os de outros pintores —, não apenas porque, da janela da sala, era possível divisar, mesmo à distância, aquela coisa tão carioca que era o Cristo, mas, acima de tudo, porque aquele era o seu refúgio. Ela amava sua companhia inocente, mole, moldável, que aquiescia a todos os seus pedidos e caprichos. Amava o sexo que faziam por toda parte, com paixão, sofreguidão, intensidade, mas ela também amava sua solidão, vivida como uma espécie de cura: uma necessidade vital, um alimento imprescindível da sua alma.

Ela falava ao menos três línguas, e ele, que sequer tinha frequentado uma escola, jamais a compreendia quando, ao telefone, se punha a tagarelar em francês, inglês, em hebraico com seus parentes diaspóricos, errantes, dispersos pelo mundo. Duas das suas tias, irmãs do seu falecido pai, viviam na França. Outro tio, muito querido, irmão mais novo da sua mãe, morava no Canadá. Muitos dos seus primos em primeiro grau haviam migrado para Israel — uma moda que afetara principalmente sua geração —, e, por isso, tanto ela como seus primos-segundos, filhos dos seus primos migrados, conversavam fluentemente em hebraico. Contudo, a maior parte da família, após diásporas extenuantes e confusas, retornou a Antuérpia, e ali seguiram vivendo da lapidação de diamantes ou, como seu pai, dos negócios de importação e exportação. Alguns dos seus tios-avôs paternos, e mesmo alguns tios, tias e primos remotos tinham morrido em campos de concentração, enquanto outros se envolveram com quadrilhas de traficantes, falsificadores e contrabandistas que atuavam por toda a Europa. Era uma família diversificada, multilíngue, cheia de ricos e pobres, de gente honesta e de bandidos: uns extremamente religiosos e sionistas, outros radicalmente avessos a qualquer rigidez ou disciplina. Embora ela vivesse no Brasil, sempre dava um jeito, fosse por carta ou por demorados e exorbitantes telefonemas, de se comunicar com os parentes que mais gostava e, pelo menos de dois em dois anos, em Antuérpia ou principalmente em Paris, eles se encontravam e realizavam festas ruidosas e animadas em algum hotel do Marais que duravam até dois dias.

Ele convivia muito mal com tudo aquilo porque, afinal, desde sempre fora só. Sem irmãos, sem parentes marcantes ou presentes, sem vínculos com os próprios filhos, que cresciam distantes, ao léu, sendo único filho de uma mãe débil, morta quando ele ainda era uma criança, e tendo por pai um homem depravado, tirânico e vil, sua família, ele concluía, resumia-se às suas ruminações, ao seu ser híbrido, mulato, incompletamente branco, imperfeitamente negro, às suas pinturas, às suas telas, às suas ruas, árvores, aos casarões semiabandonados, às suas putas da Lapa. Aquela família efusiva, que falava várias línguas, que vivia em diferentes partes do mundo, que se encontrava em festas celebradas em lugares longínquos, ocupava muito espaço em seu espírito, na sua vida, em sua imaginação — e aquilo o incomodava.

Foi através de um dos seus longos telefonemas, enquanto ela conversava com o irmão, em São Paulo, que ele descobriu, não sem

106

certo mal-estar, que seu ex-noivo judeu, seu prometido, era não apenas um misto de guerreiro e agricultor que vivia num kibutz, como ela lhe dissera, mas também um capitalista, homem rico, que vivia da importação e exportação de produtos do Brasil e do Oriente Médio. Ele ficou enciumado quando compreendeu o que ela, ao telefone, conversava com o irmão, mas, como sempre, jamais se dignou a lhe dizer o que quer que fosse. Apenas calou o seu ciúme ruidosamente, e esperou a raiva passar. Ela, por outro lado, tão expansiva, tão estabanada, que se expunha com facilidade, que se abria, não compreendia porque ele, por dias a fio, andava de um lado para outro de cara amarrada, macambuzio, sem dizer palavra, sem lhe dirigir um simples cumprimento, sem esbravejar ou lhe dizer o que sentia. "O que você tem, afinal?", ela lhe indagava, a voz já embargada pela irritação. Ele, por seu turno, sempre respondia a mesma coisa: "Nada!", e seguia com seu ar emburrado, com sua ensimesmação.

Entre muitas outras coisas, ele também não entendia o porquê de ela, materialista, irreligiosa, quase ateia, falar mal dos católicos, recusar-se a ir a todos os *bar-mitzvá* e a todos os *bat-mitzvá* promovidos por sua família e, no entanto, em todas as manhãs em que viveram juntos, sempre buscar seu caderninho de orações escrito em hebraico e sentar-se a um canto: ali, dia após dia, rezar, solitária, contrita, balançando-se ritmicamente para a frente e para trás, sob os primeiros raios do sol. Ele não entendia aquela atitude cotidiana, repetitiva, circular, aquele apelo a um deus misericordioso por parte de uma pessoa tão escarninha a respeito da religião vivida pela própria família ou por quem quer que fosse. Ele, enfim, não compreendia porque ela rezava todas as manhãs se não acreditava no seu próprio deus, se desdenhava de todas as religiões, inclusive da sua, assim como lhe parecia incompreensível ela jamais largar aquele pequeno livrinho escrito numa língua estranha, cuja grafia ele era incapaz de decodificar.

Outra fonte de tensão e de conflitos apareceu em suas vidas quando ela se propôs a conduzir e administrar as vendas dos seus quadros e a organizar suas exposições individuais: sem subterfúgios, ela lhe dizia, rindo o riso mais lindo do mundo: "Você não tem tino para os negócios, meu querido!". (Ele lamentava em seu íntimo ter que desferir um duro golpe numa outra pessoa: a tia do jovem alto, louro, bronzeado, que, bem ou mal, insistia em organizar suas exposições, ou ao menos aquelas que ele promovia no Rio de Janeiro. Quando soube que sua esposa, a paulistana arisca, branca, de boa família, bem de vida, cumpriria, a partir então, aquele papel, a tia do jovem alto, louro, bronzeado, como uma verdadeira dama, apenas se calou e se retirou de cena.). Mas o que lhe irritou sobremaneira foi ela ter tomado a frente dos negócios e da administração das finanças domésticas. Embora reconhecesse, não sem certa dificuldade, que era um perdulário quando podia ou queria ser, e que dilapidava as arcas domésticas quando se encantava com alguma bobagem — um carro novo, por exemplo — ele, ao mesmo tempo, não suportava a ideia de que ela ditasse as regras sobre os gastos da casa. Ela, por sua vez, enquadrando-se perfeitamente no estereótipo judaico, conhecia tudo que pudesse poupar ou render dinheiro: letras de câmbio, ações, transações com ativos e passivos, investimentos em imóveis. Ele aceitava passivamente, calado, como sempre, sua matemática financeira, suas contas espalhadas sobre a mesa da sala, sua calculadora Olivetti, seus formulários do imposto de renda, porque, afinal, ele reconhecia, era um inepto para os negócios, para as finanças. Mas, ao mesmo tempo, ele se sentia amolado, desgostoso, mal acomodado com o papel de provedor passivo, que não emprega seu dinheiro como e onde bem quer. (Ele lembrava consigo mesmo, mediante um artifício mental comparativo recorrente, que sua pessoa não era o seu pai, este sim um completo estroina, que dissipava e esbanjava as economias doméstica apenas por farra.). Ele ruminava, já então taciturno e desconfiado de todos aqueles aparatos econométricos, que queria apenas colocar seu dinheiro onde bem entendesse e trocar de carro todos os anos, por exemplo: um gasto que lhe parecia imperioso, a eterna busca do modelo mais confortável, mais espaçoso, mais chamativo, mais moderno. Ela era radicalmente contrária àquele hábito de consumo sumptuário, supérfluo. Achava um desperdício ter um carro novo a cada ano. Achava que eles podiam ficar cinco, seis anos com o mesmo carro, e investir o dinheiro da compra dos carros novos em papéis que rendessem semestral ou anualmente algum dinheiro extra que, por sua vez, pudesse ser reinvestido. Ele não entendia aquilo, e achava a renda fixa e o longo prazo investimentos muito distantes do seu horizonte imediato. Para ele o prazer de trocar de carro era algo vivido no aqui e agora, e não lhe parecia sensato, ou mesmo correto, ter dinheiro e não gastar, e apenas poupar, ser previdente, tão somente pensar no futuro. "No futuro, estarei morto", ele lhe dizia não sem certo escárnio. Ela apenas o olhava de esguelha, recolhia os recibos, os tíquetes, as notas fiscais, organizando-os em pastas separadas por cores — sistema que lhe agradou e que foi sugerido por ele, quando nasceu a necessidade de reunir aquela papelada.

Não puderam ter filhos — o que gerou mais tensão, mais angústia e um distanciamento ainda maior entre eles, principalmente depois que descobriram, em sessões tensas e torturantes, que ela era infértil, que não podia ter filhos. (Ele parecia não estar nem aí com isso, e isso a magoava profundamente.). Quando, enfim, contou à sua mãe os resultados dos exames meticulosos e excruciantes a que fora submetida — executados, aliás, sob uma perícia tão científica e tão fria que lembrava todo o tempo que seu corpo não era seu corpo, mas um experimento alheio —, foi possível ouvir do outro lado da linha um suspiro que, indisfarçavelmente, lhe pareceu num misto de desolação e de alívio. Do outro lado da linha, sua mãe sofria com a filha incapaz de procriar, sua única filha, que sofria e chorava, lamentando-se, por não poder ter filhos. Mas, no fundo, sua mãe parecia aliviada por ela não ter filhos com o carioca, com o negro, com o gói, com o pintor das putas da Lapa. A infâmia que se abatera sobre a família desde que ela decidira cometer aquela loucura, aquela insanidade, aquela atitude desassisada — como sua mãe se referia ao seu "casamento" com aquele homem casado, negro e de origens obscuras —, parecia estar então tomando proporções menos catastróficas. Não era possível ter um neto negro, mulato ou qualquer coisa que o valha correndo por seu apartamento de Higienópolis, e isso lhe pareceu bom. Para sua filha, por outro lado, aquilo foi o começo do fim.

109

Seu mundo desmoronava aos poucos e, desde que ela se empenhara em desafiar a mãe e o irmão casando-se com aquele gói negro, jamais se sentiu tão por baixo quanto no dia em que descobriu que jamais poderia ser mãe. (Alguns anos depois, quando estava casada pela segunda vez, dessa vez com seu noivo prometido, ela acabou gerando um casal de gêmeos em Israel graças à fertilização in-vitro.). No Rio, longe da família, dos inúmeros adoradores e bajuladores do meio jornalístico, longe dos amigos, e vivendo com um homem que, agora ela se dava conta, era uma pessoa simples, sem grandes ideias, sem tirocínio para compreender e desvendar a alma humana, sua solidão simplesmente parecia não ter fim. Seu marido, embora lhe parecesse um verdadeiro artista, e não um mero artesão, e ainda que fosse um mulato belíssimo, de olhos verdes-azulados, apolíneo e hercúleo, era, ao fim e ao cabo, um bronco, um homem de crenças simples, e que apenas pintava muito bem, e nada mais. Quando ela se afogou num mar de culpas, tristezas e lágrimas, quando ela associou sua infertilidade a algum castigo divino, ele sequer se dispôs a olhar para ela enquanto padecia daquele sofrimento indizível. Passava em frente ao quarto comum — o mesmo em que dormiam e faziam amor —, via-a sofrer e se descabelar, e sequer entrava ali nem que fosse por alguns instantes para a consolar. Todas as vezes que ele passava em frente à porta do quarto, ela esperava, em vão, que ele a tomasse em seus braços, a consolasse, lhe dissesse palavras reconfortantes, de carinho. Mas sua dor e sua angustia não tinham remissão, nem consolo. Ele apenas lhe dava as costas e seguia adiante, em busca da realização de algum objetivo comezinho, coloquial e desimportante.

Depois de dois anos de convivência, foi ela, e não ele, que percebeu, num assomo, que a relação entre eles não tinha mais futuro. Eles mal conversavam, e apenas se mantinham unidos, ligados, através do sexo, que continuavam a fazer agora calados, silenciosos, mas ainda sedentos um do outro. Ela tinha um tesão incontrolável por ele: amava seu corpo, seu pau, ao passo que ele encontrou no corpo avantajado dela, em seu cheiro, em sua boceta apertada e sempre molhada, sempre gotejante e receptiva aos seus dedos, aos seus mais breves e superficiais toques, um complemento jamais imaginado e, principalmente, jamais visto em nenhuma outra mulher com quem transara ao longo daquela vida vivida entre outras vidas contidas numa vida só. No entanto, ela tinha certeza de que o sexo com ele, por melhor que fosse, não era o bastante. Distante, evasiva, cada vez mais ressabiada, ela não via mais sentido naquela vida sem sentido, e se perguntava todos os dias porque desafiara a tudo e a todos para se meter naquela enrascada. Sua solidão era medonha: sem começo, meio ou fim. Não podia lhe confessar seus sentimentos: certamente ele não entenderia. Também não tinha como se abrir, falar das suas mágoas e sofrimentos à família, e particularmente à sua mãe: temia ser duramente retaliada. ("Não avisei?", lhe diria sua mãe, com a certeza absoluta de sempre ter razão.). E o mais grave, ela concluía, era confessar a ele, sempre ingênuo como suas pinturas, tão *naïf* quanto suas telas, que aquele "casamento" havia acabado, que a vaca tinha ido pro brejo, ou senão pro espaço — como os sputniks, Gagarins e Laikas que, então, gravitavam a órbita da Terra. O incomodo, o desconforto e o descontentamento que carregava consigo, numa solidão inescapável, irremissível, e o fardo da consciência e da reflexão em torno daquela relação sem salvação, vergavam-lhe as costas. Ele, no entanto, era o mesmo marido bovino, pedestre e comezinho de sempre: afundado na vida cotidiana, repetitiva e cíclica das contas a pagar, das encomendas de quadros, da carestia, das atrocidades cometidas pelos bandidos do Rio de Janeiro, nada parecia lhe abalar, ou lhe dar alguma consciência do que estava acontecendo sob seu próprio teto. Ao menos para ela, a rotina era rompida quando, excepcionalmente, ele se punha a falar das suas exposições, das suas mostras individuais e coletivas, das suas querelas com os pintores abstratos e acadêmicos — assuntos que, divergentemente, tanto a encantavam como o aborreciam. Também para seu desespero, não havia leituras em comum: ao longo da sua convivência com ele, ela jamais o viu ler outra coisa além de algumas folhas esparsas do *Jornal do Brasil* — geralmente, páginas policiais. Eles sequer compartilhavam os mesmos interesses na hora de, em plena bilheteria do Lido, escolher um filme:

ele adorava assistir pornochanchadas, comédias leves, românticas, brasileiras — gêneros que ela detestava com todas as suas forças —, ao passo que ela não perdia as amostras de filmes franceses, suecos, noruegueses ou italianos que, eventualmente, aportavam na cidade, os quais, para ele, significavam apenas tédio, aporrinhação, verdadeiro suplício. Mas, ela, sempre distraída, temerosa, com sua vida interior borbulhando, em pandemônio, não arranjava jeito de romper o cerco instransponível que ele havia criado em torno de si mesmo — e não apenas ao longo da vida em comum, mas ao largo de todas as suas tantas vidas contidas numa vida só. Só quando esse cerco fosse rompido, ela acreditava, poderia finalmente suplantar o silêncio e lhe comunicar o que sua consciência martelava há muito tempo.

Décimo sétimo

Ela ficou muito feliz quando ele iniciou uma relação de intimidade com outro pintor, morador no Alto da Boa Vista, que, como ele, tornou-se famoso por se dedicar a um único tema: as paisagens marinhas. (Na verdade, o outro pintor, morador no Alto da Boa Vista — um tipo esquálido, pálido, macilento, quase esverdeado, pintas esquisitas no rosto — começara sua carreira dez anos antes pintando temas e motivos abstratos ornados por elementos geométricos, mas se dera conta de que o mercado não aceitava suas pinturas, que o gosto do público estava até então orientado para rejeitá-las, e que ele se esforçava em vão para vender seus quadros. O outro pintor, morador no Alto da Boa Vista, por fim concluiu que era preciso se situar num meio termo entre o figurativismo e o abstracionismo, e percebeu que as paisagens marinhas — que ele chamava apenas de "marinhas" — poderiam unir sua aspiração e o gosto prevalecente no mercado das artes: síntese que combinava seus dons artísticos com um apurado instinto de sobrevivência.). Esse outro pintor, morador do Alto da Boa Vista, sempre os encontrava nos debates d'*O Pasquim*, nas discussões literárias e artísticas dos bares da Cinelândia e de Ipanema, e apreciava os filmes de Godard e de Bergman, filmes que sua segunda esposa, a paulistana arisca, branca, de boa família, bem de vida, amava de paixão. (Ele odiava particularmente os filmes de Godard e de Bergman: os de Godard porque sequer se baseavam em narrativas, e não tinham planos claros, fotografias esmeradas, e nem mesmo lógica, sentido; e detestava Bergman, suas histórias excessivamente íntimas, cujos personagens, sempre malucos, encarnavam membros de uma única casa, de uma única uma família, ou não passavam de um mísero casal trancado num sufocante apartamento nórdico.).

O outro pintor, morador no Alto da Boa Vista, participava por aqueles anos de reuniões suspeitas, em casas e apartamentos de pessoas visadas —essa era a expressão: "visadas" — pela ditadura. Num final de tarde, o outro pintor, morador no Alto da Boa Vista, apareceu no ateliê de Laranjeiras e, olhando para a rua nervosamente, perguntou se ele não queria ir a uma reunião num apartamento de Botafogo. "Que reunião?", ele indagou, sem, contudo, demonstrar a menor curiosidade pelo convite. "Uma reunião da Libelu. Estamos nos reunindo num apartamento de uma companheira ali de Botafogo. Coisas importantes são discutidas. Precisamos, companheiro, formular táticas e estratégias contra a ditadura". Ele ouviu aquilo e manteve-se desinteressado pelo assunto, mas achou simpático o nome "Libelu". No final da tarde eles se encontraram na marquês de Abrantes e seguiram até o apartamento da tal "companheira": subiram no edifício de seis andares que ficava na própria marquês de Abrantes, e tocaram a campainha. Uma moça magra, alta, dentuça, abriu a porta. Era a tal "companheira da Libelu" em pessoa, a anfitriã, a esquerdista que, graças a um apartamento herdado do pai alto funcionário do Ministério da Fazenda, realizava reuniões clandestinas sem levantar suspeitas. Quando ele entrou junto com o outro pintor, morador no Alto da Boa Vista, não apenas a moça magra, alta, dentuça, reparou na sua bela figura, no seu corpo apolíneo, nos seus olhos verdes-azulados incrustados em sua morenice, mas também outras moças que estavam por ali, moças em geral cabeludas, de bolsas e blusas de crochê, sem quaisquer maquiagens, e que tinham cabelos nas axilas. Ele, por seu turno, notou também que, exceto a moça magra, alta, dentuça, dona do apartamento, e outra, mais sisuda, que usava óculos fundo de garrafa, camisa masculina de manga comprida e era um tanto cheinha, todas as outras, embora desleixadas, eram belas e gostosas.

Curiosamente, eram justamente a moça magra, alta, dentuça, e a outra, mais sisuda, que usava óculos fundo de garrafa, camisa masculina de manga comprida e que era um tanto cheinha, as que mais declamavam e denunciavam o estado político do País. Eram elas que faziam as "análises de conjuntura", que organizavam o rol dos "informes do dia". Ele — que entendia precariamente o que se dizia — foi, aos poucos, se familiarizando com os jargões envergados na verborragia daqueles encontros clandestinos: "questão de ordem", "pauta do dia", "condução dos trabalhos", "informes", "moção de apoio", "moção de repúdio", "citação", "agravo", "plataforma", "tendências", "movimento", "bandeiras", "luta armada", "revolução proletária", "ditadura do proletariado", "capitalismo", "comunismo", "socialismo" e outras noções que estavam diretamente relacionadas à organização das reuniões e às suas pautas. Os assuntos principais referiam-se às "ações da ditadura militar", principalmente à "repressão perpetrada pela ditadura", então responsável — para seu espanto, pois, até então, ele não sabia de nada daquilo — pelo exílio, sumiço, tortura e morte de centenas de pessoas. (O tempo inteiro "companheiros" e "companheiras" iam e vinham àquele coletivo marginal, clandestino, ou simplesmente despareciam das reuniões. A princípio, não se tinha notícia do paradeiro. Dias depois, anunciava-se, para alívio de todos, que o "companheiro" fulano — sempre encoberto por codinome — se achava, graças ao "partido", ora no Uruguai, ora em Cuba, ora, ainda, na Tchecoslováquia, empregado em alguma rádio, jornal ou na burocracia do "Estado". Informes recorrentes atemorizavam a todos, causavam calafrios: "companheiro fulano" tinha sido achado numa vala da baía da Guanabara; "companheira sicrana" tinha aparecido estrangulada no campus do Fundão; "companheiro beltrano" tinha sido encontrado morto, com marcas de tortura, no fundo de um canal da Barra da Tijuca.).

Embora tivesse notado que, entre seus clientes, avultavam agora um número significativo de militares bem de vida, e que suas esposas eram solícitas e perdulárias em seus gastos com obras de arte, ele nunca tinha percebido, ou mesmo pensado, que eram os militares que estavam no poder, que detinham o controle total e irrestrito da nação. Ele, finalmente, veio a se dar contar disso apenas ali, na companhia daquelas moças e daqueles rapazes que, em geral, eram bem mais jovens do que ele e do que seu amigo, o outro pintor, morador no Alto da Boa Vista. (Ele, particularmente, já tinha feito quarenta anos, embora aparentasse ter menos idade não apenas para os outros, mas, talvez, e sobretudo, para si mesmo. Ele continuava a pensar e a agir como um adolescente, a ser tão *naif* quanto suas pinturas.). Às vezes, ele via "companheiros" de mais idade perambulando pelo apartamento de Botafogo: "companheiros" que, discretamente, aos sussurros, palpitavam, davam sugestões de pauta, acresciam um ou outro argumento àqueles esgrimidos, às vezes aos berros, pelos "companheiros" mais jovens. Os "companheiros" mais velhos sempre usavam barbas hirsutas, tinham grossos livros sob os braços, vestiam calças e jaquetas de brim grosso mesmo nos dias mais calorentos e abafados do ano. Mas as reuniões eram ditadas pelos "companheiros" mais jovens — os "companheiros" mais velhos parecendo viver na clandestinidade mesmo naquelas reuniões. As ações efetivas, diretas, que impulsionavam a "revolução" e a "transgressão" da ordem estabelecida, também eram artifícios dos "companheiros" mais jovens. Eram eles que mandavam em tudo, que organizavam tudo, que disputavam o poder às turras, aos tapas, ameaçando, gesticulando e gritando impropérios uns contra os outros, formando panelinhas, provocando-se reciprocamente através das "falas" baseadas não apenas na "conjuntura nacional", mas também no que um sabia de mais íntimo sobre o outro. Também eram os "companheiros" mais jovens que arquitetavam vinganças e revanches a cada reunião contra seus desafetos das reuniões passadas. Ele não entendia porque os "militantes", os "companheiros" da Libelu — depois ele veio a saber que, além da Liberdade e Luta, existiam por aqueles anos outras dez ou doze "tendências" em atividade no Rio de Janeiro — brigavam mais entre si do que contra a ditadura. Às vezes, ingenuamente, ele, que jamais disse o que quer que fosse durante as reuniões, tentava acalmá-los, pacificá-los, mas, quando o fazia, era sempre olhado por todos como um ser exótico, um extraterrestre que acabara de vir do espaço, um sujeito estranho que parecia não saber exatamente o que estava fazendo ali. E ele parecia não saber mesmo: não tinha a mínima ideia de porque brigavam, não entendia, enfim, porque se formavam os bandos, os partidos, as panelinhas, quais as ideias — se é que elas existiam — que os opunham e os dividiam naqueles reiterados momentos de tensão e de disputas acérrimas. Ele também notou que, embora a moça magra, alta, dentuça, e a outra, mais sisuda, que usava óculos fundo de garrafa, camisas masculinas de manga comprida e que era um tanto cheinha, dessem as cartas por ali, eram, contudo, principalmente os "companheiros" jovens machos que brigavam entre si. Eles brigavam não apenas por suas "bandeiras", mas também pelas mulheres,

116

pelas "militantes", ao passo que a maioria delas, lânguidas e distantes como as meninas de Copacabana, mantinham-se focadas na revolução não apenas social, mas também, e talvez principalmente, sexual: na liberdade do seu corpo, no inviolável direito de transar com quem bem entendessem, com quem bem quisessem e quando quisessem. Ele achava que, no fundo, eram elas que mandavam em tudo, e não os "companheiros" machos jovens e brancos que pareciam "liderar" o "movimento", mas, confuso diante de tudo que via, jamais chegou a revelar esse pensamento ao outro pintor, morador no Alto da Boa Vista, ou a quem quer que fosse. Guardou suas impressões para si mesmo, como soía fazer diante de quase tudo.

Eram também os "companheiros" e "companheiras" mais jovens que faziam as festas, que transavam uns com os outros, que se aninhavam concupiscentemente durante as reuniões sobre os tapetes e as almofadas da sala de jantar do apartamento da moça magra, alta, dentuça. Quando faziam festas — e as festas no apartamento da moça magra, alta, dentuça, eram realizadas com uma frequência impressionante —, havia entre eles uma liberalidade e uma permissividade que ele nunca antes vira na vida, ou nas suas tantas vidas contidas numa vida só. Pelo pouco que sabia, aquela permissividade que os jovens militantes chamavam de "liberdade sexual" e "liberação da libido", deveria ser alcunhada pela palavra "putaria" — palavra bem mais prosaica e bem menos rebuscada, mas que parecia traduzir melhor o que ele parecia assistir ali. "Putaria, pura e simplesmente", ele concluía, ao ver as constantes trocas de casais, às vezes no decorrer de uma mesma festa: trocas de casais que, aliás, lembravam as pornochanchadas que soía assistir. (Um dia quando um "companheiro" visivelmente "reprimido" se revoltou contra todos os presentes e, antes de bater a porta e sair, disse ter se incorporado a outra tendência política, a Convergência, arrematou sua apologética despedida da Libelu gritando em alto e bom som, para quem quisesse ouvir, que o apartamento da moça magra, alta, dentuça, não passava de um "puteiro burguês". Ele não fazia a menor ideia do que pensava a tendência Convergência, mas concordou com o ponto de vista do militante "reprimido".). Muitas moças "revolucionárias" se interessaram por ele, por sua morenice atlética, por seus olhos verdes-azulados, por seu corpo esguio e musculoso, que ele conservava em perfeito estado mesmo aos quarenta anos. (Na verdade, elas se interessavam por ele não apenas porque continuava belo, atlético, musculoso, ou porque era um artista plástico — como agora, finalmente, se auto representava —, famoso e bem estabelecido, mas porque ele era um pintor, atestavam os militantes, que "retratava a vida do povo" — mais uma maneira, ele ruminava, alheia e estranha de se referir à sua pintura. Principalmente, as garotas "revolucionárias" da Libelu se interessavam por ele justamente por causa da sua idade agora avançada, que lhe assomava do estágio neandertalense dos "companheiros" jovens, machos, brancos e supostamente dominantes que pareciam não saber tratá-las adequadamente, ou que não sabiam transar tão bem quanto imaginavam.). Mas, até então, ele se mostrava distante do sexo fora do "casamento". Apesar da libidinagem que explodia nas festas da "tendência", ele se mantinha incólume e fiel ao que prometera à sua segunda esposa, a paulistana arisca, branca, de boa família, bem de vida, num banco de jardim do aterro do Flamengo. Mas, atraído pela libertinagem juvenil e revolucionária, sua promessa não durou muito tempo.

Décimo oitavo

Foi numas das festas da Liberdade e Luta que ele conheceu a bailarina. Era uma garota magra, nem alta nem baixa, belíssima, morena, de cabelos longos, corpo tão esguio e empertigado quanto o dele. Ela não trabalhava: vivia na casa dos pais, estudava Música e Pintura na Escola Nacional de Belas Artes, e dançava balé clássico desde os cinco anos de idade. Seu corpo, seu principal instrumento, era, por sua beleza e envergadura excepcionais, vocacionado para a dança, e o treinamento intenso que recebera dotou-a de uma flexibilidade, de uma leveza e de uma graça que ela exibia não apenas sobre o palco, mas no dia-a-dia, em toda e qualquer circunstância da vida, no curso das tarefas mais cotidianas, comezinhas e banais. Como ele, a bailarina ia pouco às reuniões e, também como ele, ficava calada a maior parte do tempo: não tinha interesse pela política e não fazia a menor ideia do que estava fazendo ali. Eles se interessaram um pelo outro à primeira vista e, em pouco tempo, já participavam das reuniões sempre coladinhos, sentados em almofadas contíguas ou em pé — ele sempre por trás, intimamente recostado em suas nádegas. Quando os dirigentes — uma espécie de politburo tropical —, criavam grupos separados, dedicados a pontos específicos da pauta, eles sempre davam um jeito de ficarem juntos, se roçando e se tocando através de casualidades absolutamente artificiosas. Ele ainda se mantinha no propósito de ser fiel à sua segunda esposa — como longe esteve, aliás, de ser à primeira —, mas o caminho sem volta da sua união com a paulistana arisca, branca, de boa família, bem de vida, o desgostava mais e mais.

A bailarina era bem mais jovem do que ele: tinha metade da sua idade — vinte e um ou vinte e dois, não se sabia ao certo, porque ela, por absoluta desatenção à própria vida, jamais afirmava com segurança que idade tinha. Embora ele fosse um homem maduro, pai ausente de dois filhos que, então, tinham mais ou menos a mesma idade da bailarina, ele se auto representava como um adolescente, e por isso tanto temia como desejava, e ardentemente, ter com ela reservadamente. (Ela também nutria o mesmo sentimento, o mesmo temor inexplicável de aproximar-se dele, não sabia por quê. Embora ela fosse bem mais jovem que ele, fosse inexperiente e mais voltada para o desembaraço do corpo do que da mente, intuía o destino que se lhe avizinhava apenas por estar em sua companhia.). O medo dele de se envolver com a bailarina tinha a ver com sua adolescência, com seus primeiros anos como boêmio da Zona Sul, com seus primeiros passos no mercado das artes e com a convivência com pessoas cujas origens sociais eram muito distintas da sua. Um tempo, enfim, em que ele ainda era mais do mundo de lá — da Zona Norte, da favela, do barraco sobre o morro, do lotação, das ruas apinhadas de casas coladas à pedras gigantescas e ameaçadoras —, que do mundo de cá — da praia, da bossa nova, dos prédios de apartamentos, da brisa, da névoa sobre o mar, da gente branca e chique do mundo aberto e amplo da Zona Sul.

Depois que perdeu a virgindade na rede da tia do jovem alto, louro bronzeado, ele começou a frequentar as rodas de Copacabana, do Leblon, de Ipanema, passou a conhecer meninas ricas, brancas, lânguidas — tais como as que conhecera, ainda garoto, em Copacabana, quando acompanhava o pai na entrega dos móveis. Ele, primeiro ainda menino e, depois, ao dezoito, dezenove anos, se apaixonava por cada menina que via de relance nas casas e nos apartamentos dos ricaços, para logo se desapaixonar e, em seguida, se apaixonar outra vez, mas, dessa vez, por outra garota ainda mais bonita, mais branca, ainda mais rica. Colecionava-as inicialmente em sua memória e, imediatamente em seguida, em desenhos que rabiscava sobre papéis improváveis — qualquer papel que lhe caísse às mãos. Contudo, quando tinha dezoito, dezenove anos, as meninas de Copacabana, do Leblon, do Humaitá, da Lagoa, de Ipanema faziam gato e sapato dele. Elas se interessavam por ele porque ele era diferente de todos os outros garotos, em geral magros e branquelos: ele, afinal, mulato, alto, terrivelmente bonito, olhos verdes-azulados incrustrados em sua morenice, atlético, musculoso, distava muito dos garotos ricaços

120

— sempre, aliás, os mesmos, pois eram poucos —, pelo simples fato de ser diferente: um espécime raro, exótico, desejável, distinto de todos os outros. No entanto, ele era reconhecidamente pobre — e preto. Morava na Zona Norte — elas nem sabiam direito pra que lado era a Zona Norte, e sequer tinham uma vaga noção de onde ficava o Meyer —, não tinha carro, nem muita perspicácia. Era diferente, exótico, tinha um jeito bruto e belíssimo de ser, e nada mais. Pintava, mas isso, até então, não significava nada para ninguém, além dele mesmo.

Por isso, quando ele tinha dezoito, dezenove anos, as garotas brancas, bonitas, ricaças, de Copacabana, do Leblon, do Humaitá, da Lagoa, de Ipanema, até o beijavam na praia, agarravam-se com ele na areia, num bar qualquer, mas livravam-se dele logo após o primeiro encontro, deixando-o magoado, envergonhado e, às vezes, raivoso, enfurecido. Ele se apaixonava por cada uma daquelas garotas brancas, bonitas, ricaças, mas elas pareciam não se importar com o que estavam fazendo: apenas o usavam como um brinquedo vivo, que descartavam tão logo lhes apetecesse. Por outro lado, as meninas do Meyer batiam à sua porta: cantavam-no descaradamente na rua. Algumas se atiravam literalmente pra cima dele, deliberadamente, fingindo desmaiar quando ele estava por perto. No entanto, pobres, mulatas como ele, algumas sequer sem dentes na boca, eram tratadas com brutalidade e indiferença: levava-as ao campinho, onde as deflorava por detrás das moitas, ou, atrevido, transava com elas na frente das suas casas, nos quintais, ou, ainda, por trás dos muros, nos oitões densamente arborizados, nos terraços escuros de ladrilhos frios. Às vezes, pai e mãe da garota na sala, ouvindo rádio. Assim, ele era romântico e amoroso com as garotas da Zona Sul, e predador e agressivo com as mocinhas da Zona Norte: o que conformava um sistema casuístico e arbitrário de compensação dos reveses que sofria em Copacabana, no Leblon e em Ipanema e dos assédios descarados a que era submetido no Meyer, no Cachambi, no Engenho de Dentro. Tinha medo de reprisar tudo isso com a bailarina — garota rica, bonita, bem-nascida. Mas agora a situação era outra — e ele mesmo se deu conta disso, apesar da sua notória dificuldade de pensar em si mesmo. Agora ele estava mais maduro, estabelecido, era famoso, morador da Zona Sul, tinha dinheiro.

Numa tarde de quinta-feira, quando a reunião da "tendência" acabou mais cedo que de costume, ele abriu a porta do banheiro do apartamento da moça magra, alta, dentuça e, ali, de supetão, se deparou com a bailarina nua em pelo, erguendo-se do assento da privada. Quando ela o viu abrindo a porta, manteve-se, quase estática, onde estava e, cadenciada, meticulosa, maliciosa, começou a se levantar e a se limpar, mostrando não apenas seu corpo esguio, perfeito e sem manchas, mas, sobretudo, sua flexibilidade, elasticidade, sua maleabilidade, seu porte físico. Ele, dessa vez, não resistiu. Fechou a porta atrás de si e parou em frente a ela que, sem pedir permissão, se enroscou em seu corpo como uma serpente, produzindo-lhe um prazer e um bem-estar que há muitos anos ele não sentia. Eles transaram pela primeira vez ali mesmo, naquele banheiro de azulejos xadrez e, depois, como se fossem dois garotos travessos, saíram dali satisfeitos, leves, saciados, corpos ainda mais ardilosamente grudados do que antes.

Depois daquela quinta-feira, eles passaram a se ver regularmente no ateliê de Laranjeiras — onde ela finalmente conheceu a velha marquesa. No entanto, como se oficiassem um ritual de iniciação repetido à exaustão, eles continuaram a transar tão silenciosamente quanto fosse possível no banheiro de azulejos xadrez do apartamento da moça magra, alta, dentuça. Durante estes encontros furtivos, animalizados e marcadamente sexuais, eles mal se falavam entre si, muito menos conversavam sobre eles mesmos: quando articulavam algumas frases era sempre sobre os "companheiros" e as "companheiras", sobre suas ordens, seus gritos, seus mandonismos. Eles riam do histerismo prevalecente nas reuniões e da flagrante contradição de, nelas, se falar de liberdade, de emancipação, autonomia, e se agir sob o signo da tirania, do autoritarismo, do uso deliberado das fraquezas alheias como meio de impor vontades e desejos de poder. Nesse ponto, ele e a bailarina tinham em comum a veia artística, regra geral oposta às ideologias: libertários por natureza, ambos se enquadravam muito mal naquelas disputas políticas maquiavélicas prenhes de sofismas e retóricas vazias. Preferiam o escárnio, preferiam zombar delas: eram, sem o saber, tipos caracteristicamente tropicalistas. Por isso, aos poucos, eles foram se afastando da militância, a qual, aliás, tinham aderido mais da boca pra fora do que por uma "opção política" — outro jargão então amplamente em voga.

Encantado com a bailarina, com sua beleza, com sua plasticidade e elasticidade, sorvendo sua juventude como um elixir da vida, ele passou a mentir descaradamente para a esposa, a paulistana arisca, branca, de boa família, bem de vida: dizia que estava em Botafogo, nas reuniões da Libelu, quando, na verdade, na hora da reunião, encontrava a bailarina na marquês de Abrantes e, mãos dadas com ela, tomava o caminho do ateliê de Laranjeiras, ou seguia para o Bar Vinte, o preferido dela, na Henrique Dumont. Numa dessas tardes de mentiras e dissimulações, quando eles, amorosos e ridentes, se beijavam displicentemente numa das mesas da calçada do Bar Vinte, ele se deparou com a paulistana arisca, branca, de boa família, bem de vida, justo em frente à mesa, de pé, olhos fixos nos seus olhos verdes-azulados. Ela, como sempre distraída, descia a Henrique Dumont vinda de uma das suas aulas de pintura ou de cerâmica, e acabou achando naquela esquina movimentada de Ipanema o que não procurava. Ele, estático, paralisou diante dela como um modelo para a estátua de um perfeito idiota. Não tinha absolutamente nada a dizer ou fazer. Por um momento, ele lembrou do banco de pedra do aterro do Flamengo e temeu, diante do flagra, uma reação parecida com a esgrimida por sua primeira esposa, a mulata bonita, bonachona, faladeira e gostosíssima.

Mas sua segunda esposa, a paulistana arisca, branca, de boa família, bem de vida, era muito diferente da primeira: estranhamente risonha e amistosa, beijou o esposo, trocou beijinhos com a bailarina — que, estupefata, perguntou a si mesma de quem se tratava, pois não a conhecia —, e quase sentou com eles no Bar Vinte. Enfim, desculpando-se, disse que seguiria adiante, que os deixava em paz porque tinha o que fazer. Ele ainda tentou esboçar alguma reação, mas sua esposa, tão rapidamente quanto lhe foi possível, atalhou seu constrangimento, seu mal-estar e, literalmente, lhe tapou a boca com sua mão pequena, branca, suada, morna. "Mais tarde nos falamos" — foi tudo que lhe disse, antes de dar as costas e continuar seu longo caminho a pé até Copacabana. (Enquanto descia a Henrique Dumont e tomava o caminho da praia, a paulistana arisca, branca, de boa família, bem de vida, conteve o choro, a frustração, secou as lágrimas, e viu assomar em seu espírito, em seu íntimo mais recôndito e inacessível, um nítido e inesperado sentimento de regozijo. À medida que superou a dor, a emoção, que pensou melhor, ela sentiu uma imensa e inaudita satisfação: sua felicidade era incabível, seu contentamento pessoal comprazia-a imensamente, incrustando um ar risonho em seu rosto de formas arredondadas — finalmente, ela concluiu, tinha motivo para livrar-se daquele fardo, daquela união impulsiva, temperamental, não devidamente calculada, que, afinal, lhe angustiava, que lhe cobrava um preço caro demais.).

Décimo nono

Sua segunda separação foi plenamente amigável: sua segunda esposa, a paulistana arisca, branca, de boa família, bem de vida, não apenas recolheu os cacos no chão com uma dignidade assombrosa, como também não interpôs demandas por absolutamente nada. Com a mesma elegância discreta com que irrompeu no cenário carioca, retornou a São Paulo tão logo se fez possível. Em pouco tempo estava plenamente readaptada à vida paulistana: era como se nunca tivesse saído dali. Como ela mesma dizia aos amigos mais próximos — e mesmo aos colegas, após seu regresso ao jornalismo —, a única coisa que lhe enchia de saudades do Rio de Janeiro era o curso de cerâmica que iniciara numa oficina do Jardim Botânico. Ali conheceu uma artesã, uma "verdadeira artista" — ela sublinhava, contrapondo-a, talvez, ao seu marido artesão — que dava aulas de cerâmica em argila. A artesã, nascida em Campina Grande, na Paraíba, mas criada no Rio de Janeiro, tornou-se não apenas sua mestra vitalina, mas também sua amiga e confidente. Não por acaso, o apartamento da Nossa Senhora de Copacabana estava repleto de obras em argila: jarros de todas as formas e tamanhos, esculturas de bonecos músicos, fotógrafos, dançarinos, cenas representando casamentos e até uma santa ceia, eram vistos na sala, sobre a mesa, na estante, pelo quarto, sobre os criados mudos, na cozinha, sobre o balcão, sobre a geladeira. Nas várias vezes que a paulistana arisca, branca, de boa família, bem de vida, retornou ao Rio, jamais procurou o ex-marido: seguiu diretamente à casa da sua mestra artesã, onde pousava e ficava encantada com suas novas descobertas, com as formas e texturas extraídas a partir da matéria tão frágil, tão flexível, que manejava.

Ele, por sua vez, desligou-se por completo dela, como se não a tivesse amado tão profundamente, tão perdidamente — tal como reconheceu para si mesmo, embora de maneira errática, poucos meses depois de a conhecer, ao decifrar seus sonhos. Para ele, na verdade, era como se ela, seu corpo, suas origens, sua família jamais tivessem existido. (Nas raras vezes que, depois da sua segunda separação, foi a São Paulo participar de alguma exposição coletiva de obras *naif*, ele jamais pensou em procurá-la. Era como se São Paulo fosse outro mundo, e não aquela mesma cidade em que ele, num passado recente e esquecido para sempre, numa outra vida anterior àquela, visitava a paulistana arisca, branca, de boa família, bem de vida, e eles transavam tardes inteiras num hotel barato do Largo do Arouche.). Sua vida, agora, gravitava em torno do novo centro do seu universo: a bailarina. Inteiramente afastado da política — que sempre lhe pareceu incompreensível —, descrendo das esquerdas da mesma forma que condenava a direita — que, ele descobriu, torturava a torto e a direito, dava sumiço num monte de gente da qual ele nunca tinha ouvido falar —, ele e a bailarina ingressaram num mundo que o fascinou profundamente, para ele até então desconhecido: o mundo dos jovens bem-nascidos, do *jet set*, dos frequentadores das boates, das festas da "alta roda" carioca. Ele não sabia muito bem o que fazia ali, nem mesmo como devia se comportar, mas achava divertido ver tanta gente conhecida, saída das páginas dos jornais, das colunas sociais, dos filmes, dos programas que assistia na televisão, entrando e saindo dos apartamentos do Leblon, de Ipanema, das mansões do Alto da Bela Vista, durante festas regadas a uísque, sexo, cocaína e outras drogas.

A bailarina — bem-nascida, criada em meio à *crème de la crème* carioca —, conhecia todo mundo. Entrava nas festas beijando e abraçando a todos, rindo e se divertindo à beça, mas, estranhamente, poucas horas depois de adentrar numa daquelas pândegas quase diárias, estava jururu e amuada a um canto. Duas ou três horas depois, por insistência dela, eles saíam daquele festim e iam a outro: o mesmo pessoal, o mesmo *jet set*, as mesmas caras repetidas, as mesmas figurinhas carimbadas, saídas, como eles, da pândega anterior para uma nova pândega. E tudo se repetia: a bailarina entrava na nova festa beijando e abraçando todo mundo, rindo e se divertindo e, logo depois, estava macambúzia outra vez, largada a um canto, deprimida, querendo ir embora. Quando ela cismava de partir para a terceira festança da noite, ele a impedia: segurava-a pelo braço e lhe lembrava que no dia seguinte, como um trabalhador qualquer, ele deveria estar no ateliê de Laranjeiras, pintando em novas telas em branco a mesma cena de sempre: a Lapa, suas ruas escuras, seus casarios, suas árvores vetustas e centenárias, suas putas tristes e xexelentas.

Quando, de volta ao lar, o círculo de folias era quebrado, a bailarina caía numa depressão profunda, só rompida por alguns minutos, enquanto eles, selvagemente, transavam na sala ou em qualquer outro cômodo do apartamento. Depois disso, ela dormia por muitas horas — dez, doze horas seguidas — após as quais tudo recomeçava: as festas, a badalação noturna, os beijos e abraços em todo mundo e, para arrematar, o sexo selvagem, a depressão, o abatimento, a tristeza profunda, o isolamento. Ele tentava desesperadamente sobreviver àquela maratona, romper o círculo, mas, invariavelmente, acabava destroçado no dia seguinte, indo insone ao ateliê de Laranjeiras como se fosse um morto-vivo.

Às vezes, aos finais de semana, ele e a bailarina iam ao espaçoso apartamento da mãe dela, em frente à Lagoa. Lá passavam as tardes de sábado, conversando, num clima de festa, de descontração, com a mãe da bailarina — uma mulher esguia, nem alta e nem baixa, de corpo e mente ágeis, dotada de um rosto belíssimo, ornado por maçãs proeminentes e sempre avermelhadas, que se admirava, a cada visita da filha, com a ingenuidade e a simplicidade extremas daquele homem belo, também esguio, mulato, de olhos verdes-azulados, embora agora maduro: os cabelos brancos principiando a dominar as têmporas e o alto da cabeça. A mãe da bailarina, sempre arguta e sagaz, percebeu, desde que o conhecera, que ele não ria das suas piadas não porque não tivesse senso de humor, mas porque simplesmente não as entendia.

Curiosamente, a mãe da bailarina outrora também tinha sido bailarina: não exatamente como a filha — chique, clássica, de balé —, mas de teatro de revistas, de trajes sumários, de rebolado, de casas noturnas escuras, obscuras e de má reputação, de palcos iluminados por holofotes coloridos. Belíssima em sua juventude indomada, conheceu o pai da bailarina em fins da década de 1940, quando dava seus primeiros passos na Colé e sua Companhia de Revista. Na terceira noite em que encenava o musical *Um milhão de mulheres*, no claustrofóbico Teatro Jardel, na Nossa Senhora de Copacabana, um homem misterioso pôs os olhos grandes e gulosos sobre seu corpo anguloso, sobre suas pernas perfeitas, torneadas, bem talhadas, sobre suas ancas avantajadas, sobre sua bunda redonda e, ao longo de toda a apresentação, não arredou os pés da sua poltrona, situada na primeira fila — reservada, então, à nata endinheirada da sociedade carioca. Ao fim da apresentação, o tal homem misterioso fez questão de adentrar no camarim e, com um buquê com mais de 30 rosas vermelhas, convidou-a para jantar. (Ela pensou por uns instantes quem poderia ser aquele louco atrevido e atilado, mas, súbito, lembrou que poucos homens tinham topete e, sobretudo, dinheiro para, sem qualquer resistência, adentrar ao camarim de uma dançarina de teatro de revista.). Quando o viu mais de perto, mais atentamente, e notou que era um homem bonito, bem vestido, bem de vida, a mãe da bailarina não evitou soltar um sorrisinho maroto — que, aliás, sempre era acompanhado da expressão "que bobo!", tantas vezes repetida ao longo das suas conversas. Contudo, segundos depois, ela retomou sua postura de dançarina que se sabia deliciosíssima, e agradeceu àquele homem desconhecido pelo convite e pelas flores ofertadas.

Depois que ele saiu do camarim, ela soube por suas assanhadas colegas de palco que se tratava de um dos próceres mais ricos do Rio de Janeiro: um magnata enriquecido graças aos seus inúmeros tratos e contratos com o governo. Fingindo-se romântico, ele confessou ir ao Teatro Jardel apenas para vê-la, como também lhe confidenciou que só naquela noite, diante da peça musical magnífica encenada, atinou irromper pelo camarim e ter com ela. Poucas semanas depois, o tal homem rico passou a frequentar a casa da mãe da bailarina, no Grajaú. Lisonjeados com a presença daquele grande capitalista em sua casa modesta, seus pais praticamente a empurraram para os braços daquele homem misterioso e, em menos de um ano, selaram uma aliança que previa um casamento com todas as pompas, um apartamento de papel passado na Lagoa para a filha, outro no Humaitá para a mãe e, de lambuja, uma subida de nível no plano de carreira do pai, que era amanuense do Ministério da Educação e Cultura. (O tal homem rico conhecia todo mundo no governo: entrava e saía do Catete a hora que queria. Era-lhe, portanto, fácil, quase pueril, obter esse simples favor.).

Embora tenha se sentido uma mercadoria quando seus pais passaram a receber aquele homem dez anos mais velho que ela em sua casa do Grajaú, e a lhe fazerem corte como se fosse ele, e não ela, que tivesse de ser seduzido e convencido a se casar, a mãe da bailarina aceitou aquela situação de bom grado: afinal, ela imaginou, podia aspirar ao luxo e à riqueza que sempre sonhou e que jamais poderia ter sendo dançarina de teatro de revista. Foi assim que a mãe da bailarina se casou com esse homem rico que, a princípio, a endeusou, colocou-a num pedestal e, depois, ao final, calado, taciturno, distante, exigiu que ela abandonasse os palcos e suas veleidades de artista para se dedicar única e exclusivamente ao papel de uma recatada dona-de-casa. Contudo, desde que começara no teatro de revista, a mãe da bailarina viu brotar dentro de si um verdadeiro fascínio por sua própria carreira e por um estrelato que jamais vingou completamente: por isso, ao longo dos anos em que atuou no teatro de revista, tinha acumulado centenas de recortes de jornais que, astutamente, escondeu a sete chaves do marido taciturno. Aquele era o seu tesouro enterrado, sua arca da felicidade repleta de memórias, de recordações. Seu maior deleite consistia em trancar-se no quarto e, ali, contemplar imagens e lembranças do passado glorioso, então forçosamente sepultado, à medida que, à exaustão, relia cada nota a seu respeito, revia cada fotografia em que aparecia só ou cercada pelas colegas de palco. Sua única alegria — oculta, encoberta, secreta — era sorver cada instante daquela fama fulgurante, depois interditada. (Nos sábados em que recebia a visita da filha, a mãe da bailarina, circunspecta, altiva, pacienciosa, mostrava seus recortes de jornais ao genro que, exceto quando enxergava nas antigas fotografias em branco e preto as pernas perfeitas, torneadas, bem-talhadas da sua sogra, mostrava-se indiferente e desin-

129

teressado pelo que via.). Dois ou três anos depois das suas bodas, o pai da bailarina, o tal homem enriquecido através dos tratos e contratos com o governo, abandonou-a para sempre naquele apartamento com vista para a lagoa. Não que eles tivessem se separado definitivamente — como, aliás, ela queria —: ele apenas passou a viver no Leblon, em outro apartamento, com uma mulher menos inteligente, menos exigente e menos reclamona que a mãe da bailarina. Embora deixada para trás, a mãe da bailarina continuou casada com aquele homem rico e raparigueiro, que lhe pagava as contas, sustentava a criadagem e custeava seus gastos imensos com roupas e viagens à Europa. Quando a idade avançada e, sobretudo, a solidão, o desespero, o abandono, invadiram sua alma, quando se deu conta de que sua vida passara para sempre e que estava mergulhada no desamparo de um caminho sem volta, a mãe da bailarina passou a se dedicar a única coisa que lhe parecia sensata em meio à imensa estupidez do seu destino: tomar, a partir do meio-dia, quantas vezes quisesse o *dry* Martini, sua bebida favorita. Para tanto, mandava o marido ausente importar centenas de garrafas do melhor gin inglês e do Martini seco italiano, "o legítimo", como ela dizia ao abrir as caixas que aportavam todos os meses pela entrada de serviço. Ao mesmo tempo que foi se tornando cada vez mais dependente da mistura de gim com vermute, a mãe da bailarina parecia se importar cada vez menos com o que quer que fosse: seu próprio corpo, seu apartamento — cuja administração relegara inteiramente aos empregados —, e mesmo sua filha pequenina, a bailarina, nascida no segundo ano do seu casamento fracassado e de aparências, não tinham para ela nenhuma importância, o menor significado. (A única coisa dotada de sentido que havia lhe sobrado eram as suas próprias memórias, reunidas no álbum de recortes guardado a sete chaves.).

Embora estivesse sempre ausente e envolvido em tórridos casos extraconjugais que, inadvertidamente, apareciam com frequência nas colunas de fofocas e mexericos de *A Noite*, o pai da bailarina exercia firme controle sobre sua vida através dos seus empregados de confiança, ao mesmo tempo que deixava claro para ela que suas mordomias, e sobretudo seu *dry* Martini, seriam perdidos para sem-

130

pre caso tivesse relações com outro homem. Seu abandono, sua indiferença por si mesma e por tudo à sua volta fez com que a bailarina, desde muito pequena, vagasse abandonada pela imensidão do apartamento da Lagoa sem que fosse notada ou assistida por quem quer que fosse. Para o seu bem— e para o seu mal —, a menina magra e ágil de corpo, mas não de mente, criou-se pelas mãos de três ou quatro babás sem nomes ou rostos fixos, que moravam em favelas ou em bairros remotos da Zona Norte e que dormiam no apartamento de modo que, vinte e quatro horas por dia, alguém pudesse escutar seu choro, seus grunhidos, seu ressentimento e, tão logo fosse possível, assisti-la. Embora descresse de tudo por essa época, a mãe da bailarina matriculou a filha na prestigiada Escola de Danças do Teatro Municipal: foi ali que a menina, desengonçada, insegura, encontrou alguma compensação para a solidão paralisante. Dos cinco aos dezessete anos, a bailarina seguiu os passos traçados por sua mãe e quase se tornou uma profissional, mas as festas, o *jet set*, os bares, os drinks, foram tomando seu tempo, fazendo-a se atrasar constantemente para o ensaio fatigante — de até seis horas por dia — a que fora submetida desde os cinco anos de idade. Uma vez que sua mãe se preocupava unicamente com suas viagens, suas roupas e com seu *dry* Martini, e que seu pai era um ser inexistente, foi relativamente fácil pra ela abandonar o balé e se dedicar ao ócio e à madrugada: as festas, os bares e os inferninhos, que tanto a fascinavam, como os únicos afazeres da sua vida.

Uma vez que não ligava para absolutamente nada, a mãe da bailarina deu de ombros quando a filha, aos vinte e dois anos de idade, abandonou o apartamento onde elas moravam e foi viver na Nossa Senhora de Copacabana com aquele homem mais velho — um homem ainda bonito e conservado, um pintor famoso no Rio, bem estabelecido, mas sobre quem ouvira falar muito pouco. (Um homem bonito, mulato, de olhos verdes-azulados, mas absolutamente tonto, "como todos os homens", ela ruminava.). Como a mãe da bailarina jamais havia se importado com a própria filha, pouco fazia com quem ela vivesse — e nenhuma objeção foi interposta a mais uma união sem sentido, a terceira em sua vida, ou em uma das suas tantas vidas contidas numa vida só.

Vigésimo

Poucos meses depois de ir viver com ele no apartamento da Nossa Senhora de Copacabana, a bailarina se deu conta de que estava grávida. Sentindo enjoos e mal-estar, ela procurou o médico de confiança da sua mãe, que lhe assegurou que a gravidez já estava em seu terceiro mês. Embora desejado, o aborto não era mais possível, nem aconselhável: seu útero judiado por tantas intervenções clandestinas não suportaria mais uma curetagem. Ao tomar consciência das graves limitações que a barriga crescente e o ser que estava dentro dela lhe impunham, a bailarina, macambúzia por natureza, sucumbiu a um estado permanente de esmorecimento, adentrando numa depressão profunda que durou não apenas os seis meses restantes, mas também os dois a três anos que se seguiram ao parto. Ao longo desse tempo, eles permaneceram sob o mesmo teto na companhia de outro nenê abandonado — aliás, mais uma menina — e, ao final daqueles dois ou três anos, o desfecho daquela relação — mais uma relação sem pé nem cabeça, sem começo, meio ou fim —, foi inevitável. Ele se desesperava todas as vezes que, vindo do ateliê de Laranjeiras, entrava em casa e contemplava o abandono a que, por diferentes razões, tanto a bailarina como o nenê estavam relegados. Distante de tudo, quase catatônica, a bailarina ficava dias e dias sem se alimentar direito, sem tomar banho, sem sair da cama. A filha, sempre ao seu lado, tinha quase sempre as fraldas sujas, a bunda marcada por assaduras e um choro estrangulado, altissonante, que apenas se dissipava quando ele — justo ele, um verdadeiro campeão em matéria de abandono —, a tomava nos braços e, um tanto desajeitado, a lavava, a alimentava, sentava com ela em frente à janela, para que tomasse um ar e, em seguida, dormisse o sono dos justos.

Ele não compreendia o estado de prostração da bailarina — na verdade, ele não entendia quase nada do que viveu ao longo da vida, ou das suas tantas vidas contidas numa vida só — e, por isso, forçava-a a se levantar da cama, a tomar a filha nos braços, a alimentá-la. (O nenê assistia a tudo com seus olhos vivos, atentos, com uma sagacidade que, embora ainda fosse infantil, parecia uma inequívoca herança da sua avó materna.). Inepto para a paternidade, incapaz de retirar a bailarina da sua prostração, ele acabou se cansando de assistir ao desamparo da filha: contratou uma babá para ficar o dia inteiro junto à bailarina e ao nenê. Era uma moça vigorosa, brincalhona, mulata como ele, que foi, dali por diante, a mãe sobressalente da filha. Moradora no Vidigal, estava todos os dias pontualmente à sua porta pouco antes da hora de ele sair para o ateliê de Laranjeiras. Foi assim que, pela primeira vez na vida, ele se tornou minimamente pai, minimamente interessado por o que acontecia com um rebento, e se sentiu ingressar numa outra vida, dentre as tantas que tinha tido até então. Aos finais de semana, quando a babá estava de folga, era ele que, desengonçado, empurrando um carrinho azul de bolinhas brancas pelas ruas atulhadas de Copacabana, levava o nené ao calçadão; era ele que, ainda atraente e esbelto, parava para que as moças e as mulheres mais velhas o contemplassem — pai bonito, másculo, viril, com seus olhos verdes-azulados incrustados em sua morenice — e admirassem àquela criança esperta, viva, que crescia rapidamente e com saúde, apesar dos maus-tratos e do abandono que lhes tinham sido infligidos nos primeiros meses de vida.

Quando a menina fez dois anos e já andava por todo lado e falava pelos cotovelos, a bailarina arrumou suas coisas, pôs tudo em duas ou três malas, e se mudou para o apartamento da mãe, pois não suportava mais viver a vida de esposa que espera o marido voltar do trabalho. Ali, no apartamento da antiga vedete que, também por acaso, havia lhe parido, largou suas roupas, seus pertences e, principalmente, a menina, que, dali por diante, só não se criou no mais completo e absoluto abandono porque a mesma babá mulata, sem nome, sem rosto definido, moradora no Vidigal, seguiu com a comitiva até o apartamento da Lagoa. Aquela mudança foi vital para a bailarina: sua depressão finalmente desapareceu e, livre do marido e da filha, retornou à sua vida de badalação. Seu corpo de bailarina continuava o mesmo: depois do parto estava, aliás, mais magra do que antes, e tão leve e graciosa quanto no tempo em que o conhecera.

133

Ele, ingressando em mais uma das suas tantas vidas, se viu mais uma vez só no apartamento da Nossa Senhora de Copacabana — tendo tão somente agora por companhia ora a multidão destemperada que se acotovelava lá embaixo, ora o Cristo indiferente que a todos observava lá de cima. Como era impensável que uma filha se criasse sem mãe, ele via a menina esperta, atilada, desembaraçada de corpo e de alma, apenas esporadicamente. Afinal, ele nunca tinha sido, realmente, um pai para nenhum dos seus filhos, e com aquele novo rebento não foi diferente.

Quando se viu no espelho após sua terceira separação, ele se deu conta de que tinha envelhecido barbaridade. De uma hora pra outra, seu cabelo tinha embranquecido completamente. Sulcos e peles enrugadas e amolecidas se amontoavam sob seus olhos e, principalmente, sob seu queixo sempre escanhoado. Embora fosse mulato, rugas surgiam aqui e ali, exatamente nos mesmos lugares do rosto em que elas haviam abundado em seu pai — e, à medida que via a si mesmo refletido no espelho, ele matutava que a maldita herança paterna o acometia até mesmo nos sinais do envelhecer. Sua barriga, outrora enxuta e batida, ganhava uma protuberância nunca vista, e os músculos dos seus braços, outrora firmes e rijos, apalpados por tantas mulheres ao longo das suas tantas vidas, eram, agora, carnes flácidas que caíam com a gravidade, que balançavam no ar como se fossem feitas de material gelatinoso. Veias saltavam por toda parte: nas pernas, formando varizes, nas coxas, nos pés. Os joanetes do pai, a mesma maldita calcificação incomoda que o impedia de calçar sapatos nos dias frios, também se faziam presentes em seus pés achatados — os quais, por sua vez, testemunhavam a indiscutível e indelével herança do avô materno. Peles descascavam a torto e a direito nos seus pés, nas suas mãos, e ele imaginava a si mesmo como uma cobra que, conforme uma ridícula lei da natureza, mudava suas vestes naquela vida contida dentre muitas outras. Para completar o quadro de decadência e declínio, seus dentes, outrora brancos, fortes, apodreciam e, para sua surpresa, podiam, enfim, ser arrancados com um leve puxão de dedos. Como seu pai, que, um a um, os perdera paulatinamente, ele via primeiro seus molares caírem como se fossem dentes de leite e, em seguida, era a vez dos caninos iniciarem seu irreversível processo de declínio. Buscava arremedos pelos consultórios que abundavam em Botafogo, no Flamengo; próteses, coroas e pontes acumulavam-se em sua boca, metalizando-a, custando-lhe caro. No entanto, aquelas parafernálias incômodas e embaraçosas jamais lhe restituíam o sorriso tímido e triste que exibira ao longo das suas tantas vidas. Eram apenas um arremedo para seu vexame, e nada mais.

Como se bastasse todas estas externalidades, seu corpo, internamente, começou a apresentar sinais cada vez mais aberrantes e inquestionáveis de degenerescência. Seu colesterol, seu triglicérides, ambos excessivos, estavam associados à sua glicemia, altíssima, que, por seu turno, o levou a um diabetes e a uma dependência eterna de remédios caros e produtores de vários efeitos colaterais e deletérios. (Seu estômago estava perfurado pela ingestão daquelas drogas, assim como seu fígado, que não conseguia limpar seu sangue das impurezas medicamentosas). Ao mesmo tempo, ele chegou a desmaiar na rua duas ou três vezes em razão de uma arritmia que lhe surpreendeu poucos depois de completar sessenta anos. Uma vez que lhe pareceu absolutamente impossível adquirir um marca-passo, submeteu-se a um controle rigoroso de dieta, do qual primeiro cuidava em sua solidão e, depois, com a ajuda de uma diarista também recrutada no Vidigal.

O envelhecer pegou-o, por assim dizer, de surpresa, e o fez ingressar em mais uma das suas tantas vidas — só que, aquela, pensava, parecia ser a última das suas vidas.

Vigésimo primeiro

Aos finais de tarde, quando saía do ateliê de Laranjeiras continuava a flanar por Copacabana. Às vezes ia a Ipanema, ao Barril 1800, conversar com os amigos que lhe restaram — o pintor morador no Alto da Boa Vista e o casal de artistas plásticos, a pernambucana e o gaúcho, que moravam no edifício ao lado do dele na Nossa Senhora de Copacabana. Às vezes também apareciam à mesa outros amigos e conhecidos trazendo à tiracolo mulheres mais jovens, as quais, sonâmbulo, com sua costumeira desfaçatez indolente, ele, como quem não quer nada, ia se chegando depois do décimo chope — insinuando-se a elas no trajeto entre a mesa e o banheiro ou, mais afoitamente, apalpando suas coxas por debaixo das mesas forradas com toalhas quadriculadas. Cada vez mais raramente, garotas jovens, indiferentes, inertes, como se nada estivesse acontecendo, se deixavam tocar por ele sem certa repugnância.

Ainda não era o tempo de as mulheres considerarem aquilo um abuso inaceitável por parte de todos os homens. Aquela repugnância era, até então, sobretudo devotada a certos grupos de homens: grupos, aliás, dos quais ele, agora, fazia parte. Naquela vida, após tantas outras vidas pregressas, ele, enfim, pertencia ao grupo dos homens mais velhos — homens que cheiravam mal, que tinham achaques, que tinham peles descascando, dentes podres, que sempre tinham razão. A despeito de outrora terem sido belos e desejados e, mesmo atualmente, apesar de alguns serem famosos e celebrados, como era o caso dele, pertencer ao grupo dos homens mais velhos significava a ruína, o ostracismo, a solidão e, sobretudo — o que mais lhe doía —, significava sentir na pele ressecada e nos ossos corroídos a repugnância devotada pelas mulheres mais jovens.

As mulheres habituais da mesa do bar, muitas tão ou mais velhas do que ele, eram as únicas que lhe permitiam repousar sua mão calosa, oculta e cínica sobre suas coxas flácidas. Elas nada diziam, e algumas até aceitavam receber um convite para ir ao seu apartamento e viver algumas horas de tédio, desprazer e abandono — seu ar ensimesmado, sua obstinação egoística, seu voltar-se para dentro de si como se, ali, naquele quarto abafado, não houvesse mais ninguém além dele mesmo, pareciam, naquela sua vida atual, estar no ápice, na sua forma mais madura e acabada. O sexo era xoxo, pobre, a dor na próstata lhe causando incômodos antes e, sobretudo, depois do gozo ralo e sem graça. A ereção era errática, duvidosa, às vezes inexistente, o que sempre o deixava mortificado, atônito e confuso. As mulheres mais velhas também o desanimavam: estavam gordas e tinham, muitas vezes, barrigas protuberantes, cicatrizes de cirurgias malfeitas, hálito asqueroso; seus seios estavam caídos, murchos, flácidos, e ele tinha dificuldade de encontrar seu sexo em meio às suas carnes e peles sobrantes. Já as mulheres mais jovens — as que ele desejava, admirava, as que cheiravam bem, as que ele fazia questão de se acercar, de tocar-lhes, como se fosse sem querer, os seios rijos sob as blusas curtas do verão carioca, as coxas duras e roliças sob shorts marotos —, estas mulheres mais jovens o repeliam com violência cada vez mais inaudita e destemperada.

Uma jovem discípula do pintor morador no Alto da Boa Vista, que adorava suas marinhas — que, enfim, após sua fama e sua consolidação no mercado das artes, voltavam a ser cada vez mais abstratas — fez uma cena numa quinta-feira à tarde quando, sentindo-se assediada por ele, mudou recorrentemente de lugar na mesa lotada, com ele sempre dando um jeito de, ao voltar do banheiro, acomodar-se ao seu lado. Ele tentou amiúde insinuar-se na conversa quando ela tinha a palavra, falar sobre suas exposições, sobre sua fama, sobre o tema monocórdico dos seus quadros. Queria chamar atenção sobre si mesmo e impressioná-la. Mas ele, como sempre rude, como sempre breve, curto, sem palavras refinadas à boca, sequer sabia enaltecer a si mesmo, ao mesmo tempo que era grosseiro ao se referir à pintura em geral, a qual, aliás, ele jamais encarou como arte, mas apenas como um meio artesanal de vida. Diante da profunda apatia que a discípula do pintor morador no Alto da Boa Vista lhe devotou ao longo de toda tertúlia, ele, sem pejos, quando teve oportunidade, meteu a mão por

137

debaixo da mesa, encontrando suas coxas roliças, rijas, com alguns pelos descoloridos — como então as cariocas soíam fazê-lo — bem ao alcance das suas mãos calejadas, ásperas, sem tato. A discípula do pintor morador no Alto da Boa Vista primeiro demonstrou sua rejeição de maneira sutil, retirando sua mão calosa de cima das suas coxas firmes ocultamente, com delicadeza, sem desviar o olhar dos seus interlocutores. Ele, como se vivesse num mundo à parte, distante, como se falasse língua estrangeira, tornou a por suas mãos calejadas em seu regaço, apalpando suas coxas ainda mais ostensivamente; ela, dessa vez, repeliu-o com um beliscão. Quando, pela terceira vez, a discípula do pintor morador no Alto da Boa Vista, sentiu suas mãos ásperas percorrer suas coxas até quase lhe tocar a virilha, perdeu a paciência: levantou-se num átimo e, sem medir forças, desfechou-lhe um tapa sonoro e espetaculoso em sua cara mulata, cansada, envelhecida e incrédula. Silêncio na mesa. Silêncio no bar. Até Ibrahim Sued — um comensal sempre discreto, sempre presente ao Barril 1800 —, voltou-se por um instante para olhar a cena vexaminosa, e compartilhada por todos. Ele não se fez de rogado: levantou de chofre, abriu a carteira, atirou sobre a mesa o que achava que devia ser sua parte na conta, e foi embora pelo calçadão, tendo a pedra do Arpoador e o sol, que se punha sobre o Vidigal, como suas únicas companhias. (E, mais uma vez, súbito, ele soube que estava envelhecendo. Mais uma vez, soube disso pelos outros, por terceiros: quando ainda era um garoto no cueiro, tinha sido avisado pela garota mulata de cabelos pixains do Meyer e, agora, dessa vez, nessa vida após tantas outras, fora a discípula do pintor morador no Alto da Boa Vista que lhe atualizara, que lhe dissera em qual das suas vidas se achava agora.).

Depois desse incidente, ele, finalmente, teve consciência de que, dali por diante, apenas haviam lhe sobrado as mulheres mais velhas. Mesmo a bailarina, que permanecia esbelta e tesuda, sequer se dispôs a cumprimentá-lo com beijos e abraços quando o reencontrou na rua, no Leblon, num sábado qualquer. Sua cara de asco demonstrava, agora, nesta vida — que se seguia às tantas outras nas quais ele era desejável, tesudo, cobiçado —, toda a repugnância que ela, enfim,

138

anos depois de o conhecer e de ter com ele uma vida em comum, parecia lhe devotar profundamente. Ao tomar consciência, mesmo que precariamente, da redução do seu mercado de conquistas sexuais, ele passou a buscar ao menos as mulheres mais velhas que lhe pareciam mais jovens ou mais apetecíveis — as que se cuidavam mais, as que tinham barrigas menos protuberantes, as mais discretas, as que, outrora, nos tempos idos, tinham sido garotas de Ipanema —, e que ainda lhe davam bola. No entanto, as mulheres mais velhas lhe causavam o mesmo asco e o mesmo pavor que ele próprio suscitava nas mulheres mais jovens. Atiladas, as mulheres mais velhas dirigiam-se a ele sem pejos, sem melindres, tal como ele mesmo fazia com as mais jovens: sem papo, sem conversas elegantes, sem preliminares, atiravam-se sobre ele como se ele fosse um botim, um despojo de guerra, uma presa capturada em viva e cruenta batalha. Depois, havia apenas o sexo bruto e sem rodeios, órgãos sexuais expostos e, depois, em fricção animal. (Ele, ao longo da sua vida, jamais foi dado a conversas — fosse de que natureza fosse. Nunca quis entabular papo algum sobre sua arte — que, ele matutava, não era exatamente arte —, nem falar sobre seus filhos, nem, muito menos, sobre sexo. Suas parceiras tinham sido conquistadas como se conquistou a América: tomadas à força, à revelia das almas inseparáveis dos seus corpos. Suas conquistas, enfim, jamais foram precedidas por conversas, galanteios, por cantadas — fossem baratas ou sofisticadas —: resumiam-se ao simples agarrão, à posse, à tomada do corpo alheio em suas mãos ásperas, não de artista, mas de artesão. Seu corpo esguio, seus olhos verdes-azulados incrustados em sua morenice, sua beleza máscula e forte, acrescidas à sua trajetória bem-sucedida como pintor dos casarões, das ruas escuras, das putas da Lapa, eram, em suas vidas pregressas, os atrativos prévios às suas conquistas; sem tais atrativos, aniquilados pelo envelhecer, restara-lhe apenas sua fama de pintor famoso. Mas sua fama não supria a enorme carência suscitada por sua decadência física).

Talvez tenha sido por isso que, repentinamente, as mulheres, em geral, velhas ou jovens, feias ou belas, deixaram de lhe interessar e, nas raras vezes que, daí por diante, esteve frente a frente com elas, nu, num quarto qualquer, tinha sido por insistência delas, pois, para ele, fazer sexo parecia, no outono da sua existência, encontrar-se inapelavelmente com o mesmo vazio, com o mesmo buraco negro que, ao longo de toda a sua vida, ou das suas tantas vidas contidas numa só, apenas soíam aumentar, se agigantar, arrebatar, sugar aquilo que parecia ser sua alma. Quando ele andava pela rua, as mulheres não lhe pareciam os mesmos objetos peregrinos e falantes que, outrora, lhe enchiam de um prazer mais assemelhado ao vício que ao deleite de estar com o outro — ou, melhor dizendo, com a outra. Em seu envelhecer, elas, antes, se lhe afiguravam apenas como corpos inertes que deambulavam pelos calçadões, pelas praias e pelas ruas que se ramificavam sob os caóticos cânions de edifícios de Copacabana, do Leblon, de Ipanema. Não eram mais pessoas, se é que, pra ele, elas tinham sido pessoas um dia: neste momento do envelhecer, as mulheres, todas as mulheres — jovens ou velhas, feias ou bonitas —, encarnavam tão somente objetos distantes, destituídos de qualquer significado ou importância. Objetos que, indo para algum lugar, apenas cruzavam seu caminho.

Vigésimo segundo

Anos depois do fim da sua relação com a bailarina — cuja existência representava agora apenas uma lembrança opaca e sem vida, um quadro esmaecido e atirado às traças —, ele recebeu um telefonema de uma prima de quem nunca ouvira falar. Solene e macambúzia, ela lhe contou do outro lado da linha que sua última tia do Cachambi — a mais nova das quatro irmãs da sua mãe —, tinha acabado de falecer. Resignado com a ideia de que, naquele dia, não iria ao ateliê de Laranjeiras, ele tomou coragem e foi ao enterro. E, enquanto engatava marcha no seu Chevette, se deu conta de que não tinha nenhum contato com a família da mãe — que, ao final, era sua única referência familiar —, desde o falecimento dos seus próprios pais, há muitos anos atrás. Ele também se deu conta de que, desde então, não atravessava os arcos da Lapa — na sua imaginação, a fronteira que separava a Zona Sul da Zona Norte.

Após estacionar em frente ao cemitério de Inhaúma sob o assédio de dezenas de vendedores de flores e de lavadores de carros, travou contato pela primeira vez com muitos dos seus primos e sobrinhos: todos mulatos como ele, mas pobres, favelados, condutores e trocadores de ônibus, operários da construção civil, marceneiros, como seu avô, reles trabalhadores em açougues, em supermercados, em postos de gasolina. Alguns eram subempregados — como um primo falante que gingava o tempo todo, que era lavador de carros na Praça Mauá —, e outros, suspeitava-se, andavam com bandidos pelos morros, pela Cidade de Deus, envolvidos com o tráfico, com assaltos a caminhões de gás. Muitos dos seus primos sequer viviam na Zona Norte: a maioria, ele constatou, havia buscado aluguéis mais baratos na Baixada, em São João do Meriti, em Duque de Caxias, em Maxambomba — que agora, ele não sabia por quê, chamavam de Nova Iguaçu. Nessas cidades distantes, às margens da Avenida Brasil, em bairros que ele nunca tinha ouvido falar, cresciam seus sobrinhos netos e bisnetos, dezenas de crianças miúdas e vívidas, todas de pele escura, que corriam de um lado para o outro, como se o cemitério de Inhaúma fosse o parque que lhes faltava em suas favelas aglomeradas. Seus primos e sobrinhos se aproximavam, falavam com ele, tocavam no seu ombro, lembravam da sua mãe, do seu pai, contavam histórias de quando ele era criança, de quando eles viviam no morro da Formiga e, depois, na casa opressiva e cercada de muros do Meyer, e lhe jogavam num mar de recordações e de memórias sobre suas vidas pregressas que ele apenas queria esquecer. Eles também lhe falavam de como ele era diferente de todos os outros membros da família: distinto, elegante, bonito, rico, bem vestido, morador da Zona Sul, em Copa, como diziam abreviadamente, pintor famoso que às vezes tinha até sua foto, ou a de um dos seus quadros, estampada nas páginas do *Jornal do Brasil*. Quando viu a tia naquele caixão estreito e pobre, adornada com flores brancas, esquálidas, murchas, quase mortas, ele lembrou da sua mãe. A semelhança era gritante. Aquela senhora franzina e mulata, sua tia, morreu mais tarde e, portanto, mais velha que sua mãe, mas conservava os mesmos traços que os dela quando disposta no caixão — e o mesmo sorriso de canto de boca, de satisfação por estar morrendo, uma vez que a vida, ele concluiu, atirava às costas das mulheres da sua família um fardo insuportável, insustentável, cujo alívio era apenas alcançado através da morte.

No caminho de volta da tumba triste e simplória — um caminho maltratado, ervas daninhas a ladear a passagem, pedras soltas caídas das catacumbas e desgarradas do calçamento antigo a dificultar a caminhada —, naquele caminho por onde ele seguia calado, sem chamar atenção, receoso de voltar a ter contato com quem quer que fosse, uma família inteira, pai, mãe, um casal de filhos, aproximou-se: eram diferentes — ele notou. ("Distintos" talvez fosse o termo mais adequado para descrevê-los.). Eram mulatos como ele e, aliás, como todos ali, mas estavam bem-vestidos, asseados: eram por demais comedidos, discretos, quase distantes. O homem, de meia idade, bem mais jovem que ele, lhe estendeu a mão: "Muito prazer", disse, com um sorriso afável. "Sou seu sobrinho neto. Você deve lembrar da minha avó, irmã mais velha da sua falecida mãe". "Sim, sim, claro", ele assentiu, mas, na verdade, lembrava apenas vagamente da sua tia mais velha: lembranças do tempo em que sua mãe ainda frequentava a casa paterna. "Moramos perto um do outro", disse o sobrinho neto com o mesmo sorriso nos lábios. Ele apenas maneou a cabeça, pouco atentando para o que aquele desconhecido lhe dizia. "Moro no Humaitá, sabe? Bem perto do Largo dos Leões", disse o sobrinho neto com orgulho, insinuando a cumplicidade dos que vivem na Zona Sul. Soube naquela conversa, que lhe pareceu interminável, que aquele mulato como ele também revelara pendores artísticos, mas para a música. Tornara-se violinista numa oficina criada em São João do Meriti, onde moravam seus pais: uma oficina tocada por um maestro comunista que, encantado com sua verve e com sua facilidade para a teoria e o solfejo, incentivara-o a estudar na Escola Nacional de Belas Artes. Quando concluiu sua formação foi rapidamente incluído na seção de violinos da Orquestra Sinfônica Brasileira e, desde então, vivia muito bem, obrigado. Seus filhos seguiam seus passos: o garoto estudava Medicina no Fundão, ao passo que a garota concluía Direito na PUC. Como ele, os filhos do sobrinho neto tinham pouco ou nenhum interesse na conversa, pareciam mais preocupados em sumir dali do que em conhecer parentes distantes. Depois que se cumprimentaram pela última vez e se despediram, seu sobrinho neto e sua família distinta desapareceram por entre as covas pobres ornadas por flores de plástico e por imagens do Menino Jesus e de Nossa Senhora a rogar pelos pecadores. Nunca mais voltaram a se cruzar — nem nesta nem em nenhuma outra vida ulterior àquela.

Depois daquele encontro inusitado, quando já se dirigia ao seu Chevette no mais estrito silêncio e na mais rigorosa discrição, primos e primas, sobrinhos e sobrinhas, o convenceram, mesmo que a duras penas, a comparecer a um comes e bebes no Cachambi, justo na casa da tia morta. Como jamais havia aprendido a dizer não a quem quer que fosse, ele voltou ao Chevette na companhia de um sobrinho mais velho que lhe serviu de guia pelas acanhadas e tortuosas ruas da Zona Norte — um lugar que nem em sonho ele pensou um dia em voltar. Uma vez reunido na casa da tia morta com seus primos e primas, sobrinhos e sobrinhas, ele estranhou profundamente tudo aquilo à sua volta, toda aquela gente que lhe parecia, ao mesmo tempo, estranha e familiar — gente saída do seu passado e de um futuro que ele, desde muito jovem, se recusou a viver, a compartilhar —, e percebeu, alegre e triste, que não tinha nada a ver com aquilo, com o que via ali, com aquelas pessoas, seus parentes, com aquele luto, com aquelas casas e com a extrema opressão da Zona Norte — morros e pedras descomunais, ao fim de cada rua, caindo por sobre as casas, por sobre os postes e por sobre fios que aninhavam linhas, pipas esgarçadas e cadarços de sapatos atirados a esmo para o alto. O subúrbio, ele concluiu, continuava o mesmo: com suas casas estreitas, muradas, opressivas, concretadas, sólidas como *bunkers* pobres e repletos de gente que se acotovelavam no calor sufocante sob o medo das balas perdidas. As paredes e muros pintados, as alegorias à Copa de 1982 e ao tetracampeonato que não veio, o verde e amarelo das bandeirinhas que se imiscuíam entre os fios, até faziam esquecer um pouco o ressentimento e o rancor que, no fundo, marcavam o inusitado encontro com seus inúmeros primos e sobrinhos. Mas o ar pesado, o excesso de concreto, tijolos e de cimento, os tipos desconfiados, mal-encarados, que zanzavam de um lado para outro pela rua e mesmo entre os convivas, no comes e bebes, o calor nauseante, a falta de ar, de árvores, de praças, de jardins, enfim, a não-paisagem do Cachambi, o fizeram se evadir o mais depressa possível para a Zona Sul, para seu apartamento da Nossa Senhora de Copacabana, para sua ilusão dos azuis infinitos do céu e do mar que se encontravam no horizonte.

Vigésimo terceiro

Ao fim e ao cabo, quando reconheceu o declínio da sua virilidade e, a contragosto, teve consciência de que trilhava o caminho sem volta ao ocaso da vida — ou da sua última vida contida dentre tantas outras —, suas relações pessoais reduziram-se a um círculo no qual cabia apenas dois casais de amigos. Àquela altura da vida, ou naquela vida que, então, imaginava ser a última, ele saía do seu apartamento apenas para visitar aqueles dois casais: o formado pelo outro pintor, morador no Alto da Boa Vista, que, quinze anos antes, havia se casado e se mudado pra Botafogo; e o casal de artistas plásticos, a pernambucana e o gaúcho, que moravam no edifício ao lado do dele, na Nossa Senhora de Copacabana.

Como ele, o outro pintor, então morador em Botafogo, tinha abandonado a política, e se dedicava agora exclusivamente às suas "marinhas". (Na verdade, nem ele, nem o outro pintor revelavam quaisquer pendores para o mundo das tendências, das divergências e dos conchavos.). Também como ele, o outro pintor envelhecera a olhos vistos, mas bem mais depressa do que ele: pintas esquisitas no rosto multiplicando-se como traços impressionistas e, mais esquálido, pálido, macilento e mais esverdeado do que nunca, parecendo na velhice ainda mais maluco, mais doido de pedra, que quando jovem. Cismava em guardar tudo, de juntar telas que não aproveitava, de nunca jogar fora seus pinceis, suas aquarelas, e até embalagens vazias de tintas, como se, um dia, fosse aproveitar aquelas quinquilharias para fazer sabe-se lá o quê. Seu apartamento em Botafogo, bem em frente às Casas Sendas, era atulhado de trastes e, com o passar dos anos, foi se tornando cada vez mais difícil entrar ali. Após quinze anos morando naquele apartamento, tornou-se impossível divisar onde estavam os móveis, o material de pintura, as janelas ou mesmo a televisão. Tinha-se apenas vagas noções de onde ficavam a sala, a cozinha ou os três quartos, de cujas janelas era possível ver, de um lado, o Cristo e, do outro, a enseada de Botafogo e o Pão de Açúcar.

Para piorar a situação, o outro pintor, agora morador em Botafogo, juntava cacos pela rua — tábuas, troncos disformes, raízes de árvores, cordas, caixas de papelão, fitas coloridas, fios elétricos, latas velhas —, que, sentenciava, podiam servir de material para desenvolver novas obras arte — "instalações", ele dizia, utilizando um linguajar moderno. "Você é pintor, meu bem, não faz instalações. Você não é o Bispo do Rosário, pelo amor de Deus! Então, jogue essas tranqueiras fora, e pinte!" — dizia a mulher que, apelando ao amigo de tantos anos, implorava para que o aconselhasse. Contudo, ele não dizia nada ao outro pintor, agora morador em Botafogo, não porque não tinha o que dizer sobre aquela insanidade, mas por que jamais havia admoestado quem quer que fosse. Fazendo tábula rasa dos apelos da esposa do outro pintor, ele, simplesmente, se acomodava em meio ao caos — pois era cada vez mais difícil arranjar uma cadeira ou um sofá que não estivesse ocupado com algum traste —, e mantinha o vínculo com aquele homem crescentemente insano e estranho, cada vez mais doente, cuja casa mais se assemelhava a um depósito de lixo que a um apartamento habitado por gente.

Muitos anos antes tinha conhecido o casal de artistas plásticos, a pernambucana e o gaúcho, ambos escultores, numa coletiva na Galeria de Arte Ipanema. Ela também era ceramista utilitária: fazia pratos, bandejas, taças e outros objetos disformes e, na verdade, pouco úteis, mas preferia suas esculturas de moldes femininos — sua especialidade. Ademais, era de onde vinha a grana. Quando ele conheceu o casal de artistas plásticos, a pernambucana e o gaúcho, eles pareciam gente normal: eram receptivos, gostavam de receber pessoas em seu apartamento, no prédio colado ao dele, na Nossa Senhora de Copacabana, onde cozinhavam, preparavam drinks, eram simpáticos ao extremo. Aos poucos, a vida em comum do gaúcho e da pernambucana foi se desnudando, o passado de ambos se tornando cada vez mais conhecido e, ao mesmo tempo, cada vez mais nebuloso, obscuro.

Suas famílias, ambas ricas, conviviam no Rio de Janeiro e ali se conheceram: os assuntos da república —sobretudo mutretas ligadas ao abastecimento das forças armadas — as havia convocado e reunido na capital da república. A pernambucana e o gaúcho se conheceram, portanto, através de um arranjo familiar. Antes disso, porém, viviam em suas respectivas cidades: ele em Porto Alegre, onde era comissário de bordo da Varig, e ela no Recife, onde cursava Psicologia. Ambos, cada um em sua cidade, em seu meio, em sua infelicidade, desconforto e desencontro pessoal, descobriram, quase simultaneamente, que gostavam de pessoas do mesmo sexo. A pernambucana, nascida e criada num meio machista, violento e patriarcal, filha da casa grande, nem de longe podia externar sua aversão pelo mundo masculino e sua predileção sexual pelas mulheres; estava fora de cogitação. Era o começo dos anos 60; o mundo muito diferente do de agora. Restava-lhe, pois, reprimir sua sexualidade, refrear seus impulsos — que se tornaram evidentes desde que, aos 12 anos, agarrou e beijou sofregamente uma garotinha no Colégio das Damas Cristãs —, e seguir adiante, fosse como fosse. Por isso, talvez, ela se refugiou nos estudos, na Psicologia: não compreendia sua alma e, quem sabe, fosse possível acessá-la se tivesse instrumentos adequados para isso. Quando concluiu sua graduação, se deu conta de que aquilo que não lhe ajudara em nada: continuava uma desconhecida para si mesma, um ser estranho vivendo num corpo que não se coadunava com sua alma.

Embora o Sul do Brasil fosse tão machista, tão misógino e tão patriarcal quanto o Norte — e apesar de as duas regiões serem apenas separadas por um Centro permissivo e maleável, que nem fedia e nem cheirava, e que era a síntese de tudo —, desde aquele tempo um homem que gostasse de homens poderia, e por muitos anos, sobreviver sob panos quentes em Porto Alegre sem ser incomodado. Ao longo de muitos anos o gaúcho nutriu uma paixão secreta por outro funcionário da Varig que, operando em setor diverso do dele, trabalhava em terra. Quando ambos se assumiram apaixonados um pelo outro, a combustão daquele sentimento os levou a uma decisão radical: iriam se constituir como um casal, morarem juntos, abrirem conta conjunta em banco, comprarem apartamento. Foi, claro, um escândalo. Os irmãos do gaúcho, que em parte viviam em Porto Alegre e, por outra parte, em São Borja, onde ele tinha nascido em meio à vida estancieira, reuniram-se na casa dos seus pais, no Moinhos de Vento, para discutir o assunto. Oscilaram entre fingir que o irmão havia morrido, e em não o incomodar em sua opção, e entre deserdá-lo de todos os bens aos quais ele tinha direito sob o argumento de que tinha ficado lelé da cuca, fundido a cachola. Tal decisão implicava, inclusive, em tomar o apartamento que o gaúcho havia adquirido com o dinheiro paterno para viver sua vida em comum com outro homem. Após uma longa deliberação que incluiu gritos, imprecações e murros na mesa, todos concordaram, unânimes, em enviá-lo ao Rio de Janeiro, para estudar na Escola Nacional de Belas Artes, visto que tinha vocação para as artes plásticas. Um tio, aparentado de Vargas pela via do casamento e morador no Rio de Janeiro, podia recebê-lo. O gaúcho não teve outra alternativa senão aceitar o arranjo familiar e encerrar uma relação amorosa que já durava oito anos. Para completar, a família impôs outra condição àquele ser destroçado, absolutamente destruído por dentro, alma arrasada: casar com uma mulher e ter filhos. Só assim, admoestavam-no, o gaúcho poderia honrar seus antepassados são-borjenses e ter direito à herança. Por sorte, pensavam seus pais e irmãos, o tio residente no Rio estreitara laços com uma família do Norte, de Pernambuco, cuja filha também tinha pendores artísticos e também se dedicava às artes plásticas. Era solteira, disposta a migrar. Sem o saber, eles jogaram o gaúcho nos braços de uma mulher que não suportava homens, enquanto os pernambucanos sabiam, e muito bem, com quem estavam lidando: não apenas conheciam o passado do rapaz, mas também viram naquele arranjo um jeito de se livrar daquela garota máscula, cada vez mais troncuda, que não se cuidava e nem se tratava como uma mulher, mas como um rapaz sem pelos e sem barbas.

O casal de artistas plásticos, a pernambucana e o gaúcho, rapidamente tomaram consciência do seu destino comum, da sua condição de refugos, e animaram-se, ao menos, em garantir suas heranças: firmaram, então, um pacto que previa manter as aparências e ter ao menos um filho. Mas não viveriam como um casal convencional. O fato de ambos serem artistas poderia ajudar a disfarçar as esquisiti-

148

ces, a camuflar as opções dissimuladas, a conjugar um mínimo de decência com aquilo que, nos anos 60, chamava-se de "relação aberta". Eles tiveram um filho: um filho único que, poucos meses depois de nascido, foi viver no Recife com os avós maternos. (Este único filho, criado por todo o sempre com os avós, cresceu longe dos pais, cercado de temores e cuidados, pois, à época, imaginava-se que o sangue poderia transmitir-lhe a opção sexual do pai. Criado e crescido numa redoma, o garoto ia ao Rio uma vez por ano para visitar o gaúcho e a pernambucana, como se estes fossem seus tios distantes, e não seus pais. Adulto, após a morte dos avós, o filho da pernambucana e do gaúcho migrou para o Rio, mas jamais morou com os pais, e sequer se aproximou deles: temia-os e, ao mesmo tempo, amava-os e odiava-os com todas as suas forças.). A pernambucana tentou manter as aparências do casamento e, até certo ponto, acreditou na farsa que eles mesmos haviam criado. Conheceu mulheres que, como ela, gostavam de mulheres, e até nutriu paixões por algumas cariocas dengosas — como ela, como uma boa pernambucana, as classificava. Mas jamais deixou clara sua opção sexual pra quem quer que fosse.

O gaúcho, porém, jamais aceitou os termos daquele casamento inventado: fosse porque era homem, fosse porque era mais ardiloso e atilado que a esposa de mentira, fosse, ainda, porque era um ser ferido, arrasado, absolutamente destroçado — um homem que, ao lado de outro homem, havia criado uma vida, um mundo à parte das hipocrisias, das convenções da sociedade misógina e tradicionalista, e os havia perdido para sempre —, o gaúcho, enfim, jamais se contentou em viver aquela farsa e, rompendo o pacto firmado com a esposa de araque, deu azo a uma luta sem escrúpulos — uma luta perdida à partida — contra seu destino. O Rio, por seu caráter festivo, orgíaco, deletério, o direcionou e lhe propiciou uma vida desregrada, promíscua, feroz. Depois de dois anos de convivência comum, já tendo parido o único filho que teve na vida — e com o qual jamais conviveu —, tudo que a pernambucana lhe pedia era que não trouxesse seus parceiros para o apartamento da Nossa Senhora de Copacabana. Mas até nisso o gaúcho a desrespeitou: numa manhã, quando acordou e ouviu rumores inauditos, teve o desprazer de ver, em meio a uma su-ruba sem precedentes, o marido com dois amigos no sofá da sala. Enquanto a pernambucana tocava os parceiros indesejados pra fora do apartamento, o gaúcho, nu, debruçado na janela que dava para a Nossa Senhora de Copacabana, como se fosse mero espectador, e não ator e autor daquela cena, fumava um cigarro de canto da boca e ria sarcasticamente.

Com o passar dos anos, os ânimos haviam serenado. O gaúcho continuava tendo seus casos furtivos em saunas, em boates e infer-ninhos da Galeria Alaska, mas não levava mais ninguém pra casa. O mundo era grande, ele dizia, e por isso tinha amantes em São Paulo, no Paraná e até na Bahia. Sumia dias a fio sem que a pernambucana tivesse a menor ideia de onde havia se enfiado. Ela temia o mundo masculino: sempre violento, sempre vingativo, ciúmes e cumplici-dades dirimidas sob surras ou mesmo à bala. O curioso nisso tudo é que aquela relação, claramente fadada ao fracasso, tinha vingado, e acrescentava a si, continuamente, o peso dos anos. O gaúcho e a pernambucana prosperaram, se consolidaram no mercado das ar-tes, eram artistas conhecidos e respeitados, trabalhavam juntos no mesmo ateliê e partilhavam exposições dos seus trabalhos em co-letivas ao mesmo tempo concorridas e divertidas. Poder-se-ia dizer que não apenas eram amigos, mas que nutriam uma cumplicidade, um senso de cuidado e proteção recíproco. Ele principalmente, que teve mais a perder do que ela, que teve a alma destruída e esterroa-da, não sabia, ao final, viver sem ela, sem sua companhia — mesmo que vivessem em quartos hermeticamente separados. O arranjo, a mentira, a convenção abjeta, acabaram se tornando sentimento, amizade, algo que, aliás, até parecia amor: caminhos imperscrutá-veis das relações entre as criaturas, mesmo daquelas que, entre si, dão as costas ao sexo. Ao fim e ao cabo, o gaúcho e a pernambucana tornaram-se inseparáveis: os amigos mais íntimos, mais cuidado-sos e mais amorosos que se podia ter na vida. Por isso eram tão convidativos: razão pela qual ele se sentia tão bem em visitá-los no prédio vizinho da Nossa Senhora de Copacabana.

150

Vigésimo quarto

Ao fim da sua vida — ou na última das suas tantas vidas —, ele não suportava mais morar em Copacabana: não se conformava com o que o bairro tinha se transformado. Contudo, ele não tinha mais idade, força ou vontade para se mudar, para sair dali e buscar outros ares. Afinal, para onde iria ao final da sua última vida, ou após tantas vidas contidas numa vida só? Conformava-se, pois, em viver naquela balbúrdia da Nossa Senhora de Copacabana e naquele apartamento — de cuja janela era, aliás, possível discernir o Cristo entre nuvens brancas e errantes.

Desde que conhecera Copacabana encantou-se com suas ruas arborizadas, com a amplidão do mar, com o céu aberto, com a moldura pétrea das montanhas que, uma a uma, formavam um conjunto ao mesmo tempo caótico e coerente que ladeava o Pão de Açúcar e avançava, abrupto, à retaguarda das suas largas avenidas. Acostumara-se, à noite, a ver o Cristo no alto do Corcovado, iluminado e pequenino se visto à distância: um Cristo conivente, observador, testemunha das agruras cotidianas, sempre olhando de soslaio para a vida pecaminosa das ruas de Copacabana. Desde sempre amou aquelas formações rochosas, o mar, o céu azul e até mesmo o calçadão, como se, em seu conjunto, fossem uma coisa só: uma moldura talhada pelo vento, pela especulação imobiliária e pelo acaso. Agora, ele ruminava, não conseguia sair de casa: não se imaginava descendo do edifício e não suportava a ideia de se ombrear com centenas de camelôs, de pedintes, de pedestres selvagens — muitos deles turistas babélicos —, que ocupavam as calçadas de tal modo que lhe parecia difícil — e sobretudo agora, ao envelhecer —, que todos pudessem, ao mesmo tempo, ocupar o mesmo espaço. As calçadas de Copacabana foram, aos poucos, se tornando exíguas, apertadas, estreitas — tal como sua antiga casa do Meyer —, e as pessoas, quase sem ter onde pisar, ou pisando quase umas sobre as outras, foram sendo empurradas para o asfalto, por sobre os carros e os ônibus, para o caos das barracas e das banquinhas que as comprimiam às paredes dos edifícios. Copacabana, antes seu recanto de sossego e de esquecimento do subúrbio de confinamento, de limitação, de estreiteza, era, agora, um novo Meyer, um novo Cachambi: o mar continuava ali, é verdade, mas chegar até ele, até suas areias, e alcançar o sentimento de arrepio das águas que, generosas e geladas, lambiam os pés, havia se tornado um exercício tortuoso e inclemente, que produzia um cansaço desumano, uma fadiga opressiva, que lhe atemorizava e lhe intimidava. Olhava lá embaixo, através da janela que dava para a Nossa Senhora de Copacabana e, descontente e enfastiado, via a profusão desordenada dos carros, os fios copiosos e desmazelados que pendiam dos postes, a romaria interminável dos pedestres, a algaravia sem nexo dos camelôs, as traquitanas eletrônicas vendidas nas banquinhas irregulares, a truculência dos guardas que multavam veículos parados em locais proibidos, que perseguiam trombadinhas afoitos, que batiam e arrebentavam, que subtraiam bancas irregulares discricionariamente, e se perguntava porque tudo havia mudado tanto: porque a Copacabana que conhecera — a Copacabana das meninas languidas que o cobiçavam, que pasmavam com sua beleza máscula e etérea de mulato na qual se incrustara um par de reluzentes olhos verdes-azulados —, havia desaparecido para sempre.

Sempre soía se arrepender mortalmente quando descia os oito andares que lhe separavam daquele caos, daquela balbúrdia. Ainda tentava — como um bom carioca — ir ao Big Bi duas ou três vezes por semana tomar um suco de melão, e ainda teimava em fazer sua caminhada matinal pelo calçadão e pela praia antes que todos — vendedores ambulantes de mate, turistas deslumbrados com os falsos encantos do Rio, crianças barulhentas, amantes do futebol de areia, do vôlei de praia, os malditos hippies com suas bugigangas malfeitas e disformes — invadissem o cenário e destruíssem o que ainda restava da sua identificação com o lugar do passado.

Foi por essa época que tudo piorou consideravelmente: surgiram-lhe tremores nas mãos, tremores incontidos, profusos, incontroláveis, aleatórios. O problema não era apenas segurar a caneta, o garfo, a faca, ou apenas transportar o inseparável rádio de pilha, sempre ligado na rádio *Jornal do Brasil*, de um lugar para outro do apartamento. Tinha dificuldades para comer, para beber um simples copo d'água, para levar um garfo ou uma colher à boca — mas isso também ainda era o de menos. O que, de fato, mais o afligia, o que o mortificava e atemorizava, era não poder segurar os pincéis, a aquarela, os tubos de tintas, o giz pastel, sem que tudo fosse ao chão. O que lhe despedaçava a alma era, enfim, não poder contornar com o pincel mais fino, mais delicado, a mesma rua erma, os mesmos arcos, as mesmas árvores vetustas, os mesmos casarões semiabandonados, as mesmas prostitutas macambúzias de uma Lapa igualmente perdida: o tema que pintara ao longo das suas tantas vidas contidas numa vida só. Tudo lhe escapava, tudo lhe escorria das mãos, todas as coisas lhe caíam pelo chão, se derramavam, se espalhavam, se espatifavam, se estilhaçavam. Todos os traços se borravam, se mesclavam com outros, desfiguravam-se e, na tela, viravam nódoas, pontos disformes que custava consertar — se é que conserto tinham. As cores dos seus quadros, outrora firmes, fortes, primitivas, esmaeciam, perdiam a intensidade, a consistência, amarelavam-se, desbotavam. Ele bem que tentava, em vão, remediar a perda da tela, mas concluía, suando, contrariado, as mãos ainda mais trêmulas, mais nervosas e gotejantes, que seus traços jamais teriam conserto. Sua alma desertificava-se, perdia o viço, o sentido de viver, pois tudo que ele aprendeu sozinho, consigo mesmo, tudo o que ele sabia por obrar em solidão, a razão pela qual vivia desde que começara a se entender por gente, convergia para uma tela, para as tintas, para uma moldura, e para ver surgir ali a mesma e renitente paisagem da Lapa, com seus casarios semiabandonados, suas árvores vetustas, com suas prostitutas macambúzias à espera de clientes.

Ele ainda mantinha a mesma diarista que, duas vezes por semana, descia do Vidigal para limpar seu apartamento. Ela lavava sua roupa, cuidava da sua comida — que guardava, congelada, em potes de tampas tão coloridas quanto seus quadros —, e limpava os cômodos, que, graças aos tremores das mãos, estavam cada vez mais emporcalhados. A pobre mulher queixava-se duplamente: pelo fato de ter que limpar repetidas vezes os mesmo cômodos que, antes dos tremores das mãos, mantinham-se limpos graças a colaboração do dono da casa e, ao mesmo tempo, queixava-se da sua própria idade — estava alquebrada, filhos crescidos só lhe dando aperreios, e o Vidigal, embora fixo e estático ao final do Leblon, lhe parecendo cada vez mais distante. Sugeriu a ele que tentaria procurar uma substituta mais jovem e mais disposta por lá mesmo; ele apenas lhe disse, sonoramente, que "não". Preferia ela, e só ela.

Quando a mulher, mulata como ele, já não aguentava mais limpar o apartamento, bateu à porta uma moça bonita, esguia, muito jovem, perguntando por ele. Ele não estava. Tinha ido a uma tertúlia no apartamento do casal de artistas plásticos, a pernambucana e o gaúcho. A moça bonita, notou a diarista, se parecia com ele. Tinha a tez trigueira, olhos cor de mel, vivos e sagazes. "Ele não está", afirmou a diarista e, ríspida, desconfiada, emendou: "Quem é você?". A garota, dos seus vinte e poucos anos, não respondeu exatamente sua pergunta; apenas resmungou, como se falasse às paredes, dirigindo-se ao elevador: "Diz que a filha dele teve aqui". Dia seguinte, no mesmo horário, lá estava ela de novo, o mesmo olhar vivo e sagaz a espreitar a casa paterna. Dessa vez, ele estava em casa. Recebeu-a frio, mecânico, quase como se não estivesse ali; mas, por dentro, seu coração batia acelerado, e ele não sabia porquê. A filha da bailarina olhou em volta, notou que, por mais que a diarista se esforçasse, a sujeira e o desleixo ameaçavam tomar conta de tudo, e tomou uma resolução. Não se fazendo de rogada, pôs um avental e começou a limpar os banheiros e a cozinha, passando depois para a sala e para o quarto. Recusou-se a entrar no ateliê improvisado no segundo quarto — arranjado com aquele fim desde que ele desocupara o ateliê de Laranjeiras —, pois sabia que não poderia dar conta do caos ali instalado. Ao mesmo tempo, ele não permitia por nada nesse mundo que entrassem no quarto enquanto estava pintando. Embora não pudesse mais segurar um pincel, ele perseverou naquele tabu idiota: decerto alimentava a ilusão, fruto da demência que se assomava, de que ainda continuava a pintar.

Aos tremores das mãos, em breve somaram-se os esquecimentos: sua memória, um fiapo de recordações confusas e embaralhadas, tornou-se anda mais precária, mais sabedora das ninharias do passado que dos ditames do presente. Todos os dias esquecia as chaves em algum lugar, deixava cartões de crédito nos bares e restaurantes, esquecia suas senhas, não lembrava das pessoas, por mais próximas que fossem e, por fim, começou a esquecer o próprio endereço. A primeira vez que isso aconteceu tinha ido à praia, nas primeiras horas da manhã, caminhar. Quando voltou, não sabia se seguia em direção ao Pão de Açúcar ou se tomava o caminho do Forte. Mais adiante, perdeu novamente o caminho depois que atravessou a Aires de Saldanha. Ao fim e ao cabo, depois de muito matutar, teve a certeza de que não sabia como voltar para casa. Foi salvo por um paraibano do Big Bi, cuja loja ficava bem na esquina da sua quadra. O homem baixo e atarracado, que ele tinha certeza ser o mesmo Paraíba que trabalhara para seu pai, tomou-lhe pelas mãos e o levou até a porta do edifício. Estava outra vez a salvo do esquecimento.

Estes olvidos aconteceram outras vezes, até que a filha da bailarina e a diarista do Vidigal começaram a dar por sua falta, sentindo que sua ausência já havia se prolongado muito além do previsto. Se ele não estivesse na casa do casal de artistas plásticos, a pernambucana e o gaúcho, nem na casa do pintor, agora morador em Botafogo, estaria na praia, caminhando — elas imaginavam. Quando estes lugares de refúgio eram, um a um, eliminados, restava apenas a busca frenética, as perguntas disparatadas aos policiais, aos camelôs, aos garçons dos bares que, outrora, ele frequentava. Diante das respostas evasivas, tipo "não o vejo há três dias", restava à filha da bailarina, que era jovem e disposta, bater pernas, desesperada, atrás do pai que não a criou, mas que, inúmeras vezes, a resgatou da negligência materna em seus primeiros meses de vida. Quando ele sumiu por três dias consecutivos e foi achado dormindo sob uma marquise na companhia de uma dezena de moradores de rua, sua filha decidiu interná-lo em casa. Contratou uma enfermeira, manteve a diarista do Vidigal, — a quem ele não dispensava por nada nesse mundo —, e passou a dormir no apartamento da Nossa Senhora de Copacabana quase todas as noites. Por essa época, seus poucos amigos notavam, quando o visitavam, que ele vivia nas brumas, sob as densas trevas do passado e do esquecimento: era incapaz de reconhecê-los, de saber o que havia feito dez minutos atrás. Não era mais ele mesmo, mas outra pessoa — um outro ser, arrastado e tragado pelo envelhecer.

Numa manhã, ele acordou, como soía, bem cedinho, e tentou sair de casa: disse à enfermeira — a quem ele jamais reconhecia, e a quem, todos os dias, muitas vezes por dia, tinha que ser apresentado —, que iria caminhar pelo calçadão e, depois, pela praia. Ia até Ipanema, rever os amigos no Barril 1800. "Não é possível", ela lhe disse, afável, barrando seu caminho com um sorriso nos lábios que combinava mal com sua cara de cansaço, de sono mal dormido. "Não dá pra chegar a Ipanema pela praia, e o Barril 1800 fechou faz tempo", ela completou e, divertida, num movimento brusco, repentino, lhe deu as costas como se tivesse mais o que fazer, deixando-o zonzo e apalermado diante da porta trancada. Ele, como sempre, não a contestou, nem discutiu: apenas procurou a chave e tentou sair mesmo assim. Porém, não achou chave, não porque não a tivesse posto no mesmo lugar — o lugar de sempre, o porta-chaves da entrada de serviço, onde sempre estivera —, mas porque não recordava que lugar era esse. Conformado, não disse nada àquela mulher estranha que, lhe parecia, substituía a diarista do Vidigal — cuja ausência devia-se, na verdade, ao simples fato de o relógio ainda marcar seis da matina.

Diante da impossibilidade de sair ou de lembrar de onde estavam as chaves, ele retirou-se para seu canto favorito no apartamento, seu lugar quase permanente em seu aqui e agora de imobilidade, de demência, de envelhecer: a janela que dava para a Nossa Senhora de Copacabana — de onde observava a multidão acotovelando-se lá embaixo e o Cristo, quase sumido entre as nuvens, no cume do Corcovado. Nesse dia, tentando ainda recordar, através de um esforço sobre-humano, onde havia deixado as chaves, ele lembrou, sem querer, graças a uma série de associações labirínticas e fragmentárias, num jorro inesgotável que lhe deixou extenuado e atônito, onde seu pai deixava as chaves da casa do Meyer: bem ao lado do armário da cozinha.

A chave da casa do Meyer também lhe lembrou, por seu turno, da surra que sua mãe levou porque, num sábado pela manhã, perdeu

156

aquelas mesmas chaves na feira do Cachambi. Também por associação, ele sentiu outra vez na pele a surra que levou do pai porque não queria comer o fígado alemão que sua mãe trouxera da feira do Cachambi na mesma sacola em que deveria estar o molho de chaves — a qual ela, aflita, revirou inutilmente antes de ser estapeada. Ele também lembrou do molho de chaves que, aos treze anos de idade, pesava em seu bolso naquela tarde em que a menina mulata de cabelo pixaim, para sua surpresa, o chamou de "rapaz". Por causa daquelas meninas mulatas que brincavam na rua lamacenta do Meyer, ele recordou, num desvio de rota mental, de cada uma das meninas lânguidas de Copacabana que lhe admiravam e lhe acariciavam, que lhe achavam bonito aos dez anos de idade.

Daí, num átimo, vieram-lhe à lembrança o corpo magro e o sexo não consumado com a menina baiana, a falta dos seus dentes da frente, e o quadro que lhe vendera em troca dos seus serviços — um quadro, ele recordou, com as mesmas árvores vetustas, as mesmas ruas semiabandonadas, os mesmos casarões caindo aos pedaços e com a própria menina baiana, a primeira das tantas prostitutas da Lapa que ele pintou, servindo-lhe de modelo e de motivo humano da sua pintura "primitiva", "naïf", "descomprometida com a consciência artística e acadêmica", "autêntica". (Por uns poucos segundos, ele pensou onde estaria a menina baiana e seu quadro inaugural e, segundos depois, aquelas lembranças tornaram-se outra vez intangíveis, opacas, esmaecidas e, novamente, foram esquecidas para sempre.). Igualmente foi lembrada naquele jorro de memórias — que parecia brotar da mesma fonte da qual saía, em profusão, a multidão que se debatia na calçada da Nossa Senhora de Copacabana —, a tia do jovem alto, louro, bronzeado, com quem ele dormia à tarde numa rede armada em frente à janela que dava para o mar — a primeira mulher das suas tantas vidas, a que lhe desvirginou, a que lhe promoveu uma inauguração de gala que, até as brumas e as trevas do esquecimento apagarem os fios descompostos que teciam sua memória, ele jamais esqueceu completamente. A lembrança da tia do jovem alto, louro, bronzeado o fez recordar, numa desabalada sucessão de lampejos, da sua primeira esposa, a mulata bonita, bonachona, faladeira e gostosíssima — que lhe deu dois filhos abandonados —, da secretária da embaixada correndo, nua em pelo, no terreno em frente ao ateliê de Laranjeiras — recordação que, mais uma vez, lhe arrancou um sorriso de canto de boca —, da marquesa do ateliê de Laranjeiras, das tantas madames, coquetes, moçoilas e brotos que ele devorou apressadamente sobre a marquesa, das curvas generosas e anchas da sua amada paulistana arisca, branca, de boa família, bem de vida — que, depois, como todas as mulheres, foi esquecida para sempre — e, por fim, ele relembrou de si mesmo, aventureiro, adolescente de quarenta anos, à medida que recordou perfeitamente das curvas suaves e esguias exibidas pela bailarina — a última mulher com quem, inutilmente, ele tentou viver sob o mesmo teto.

Esfalfado e sufocado por tantas lembranças esparsas, tardias e esgarçadas, ele recordou e sentiu a presença, viva e tangível, da mãe da bailarina, das suas pernas de fora, exibidas nas fotografias preto e branco das revistas e dos jornais que conservava a sete chaves e, súbito, se espantou com a chegada dela, agora mais jovem, mais enérgica, dando ordens, mandando em tudo, ordenando à moça desconhecida — a enfermeira —, que fosse se deitar ou que fosse embora: era sua filha com a bailarina que, junto com a diarista do Vidigal, irrompia em seu recinto doméstico de velho inútil e desgovernado para botar ordem na casa.

Neste mesmo dia, à boca da noite, enquanto a filha da bailarina se banhava, ele acordou de um sono profundo e encontrou seu pai sentado ao lado da cama. Vindo do outro mundo — talvez das profundezas do seu próprio inferno —, seu pai, como soía, apareceu apenas para lhe xingar, para lhe dirigir epítetos injuriosos. Zombeteiro, alardeou em alto e bom som, rindo, que ele nunca serviu para nada, que nunca, nem nessa vida, nem em qualquer outra, fez nada que prestasse, e que seus quadros não passavam de uma bagatela qualquer — uma brincadeira de criança, garatujas de mau-gosto, um artesanato chinfrim. Ele não disse nada ao pai que, depois de proferir todos os seus insultos e maledicências, apenas continuou ali, sentado, ridente, contemplando o desespero que se estampava no seu rosto, em seus olhos verdes-azulados, e tomava conta do seu coração, da sua alma, preenchendo todo o vazio que, ao longo de todas as suas vidas contidas numa vida só, ele carregara por dentro de si como um fardo insustentável. Com muita dificuldade e lentidão, ele se levantou da cama, calçou suas pantufas, e se dirigiu à janela que dava para a Nossa Senhora de Copacabana. Apesar de, à distância, enxergar cada vez menos, ele divisou claramente o corpo franzino da sua mãe em meio à multidão que, lá embaixo, se comprimia na calçada. Ela lhe sorriu, doce, meiga, braços magros, franzinos, lançados para o alto, convidando-o: "Venha, meu filho, desça, sua mãe está esperando!". Da janela, ele olhou de soslaio para trás, para o interior do seu quarto escuro e, pela última vez, viu seu pai ainda sentado e ridente ao lado da cama. Ali, de pé, ele descalçou as pantufas, pôs a primeira perna por sobre o parapeito da janela e, com muito esforço — um esforço titânico, colossal, sobre-humano — jogou o corpo inteiro através do vão aberto para o nada. De relance, enquanto descia em queda livre e vertiginosa, ele ainda viu sua mãe lá embaixo: serena, feliz, tranquila, sorrindo, braços abertos como o do Cristo que, distante, iluminado, encimava a todos na noite de Copacabana.

Este livro foi produzido no Laboratório Gráfico
Arte & Letra, com impressão em risografia e encadernação manual.